中公文庫

けんか茶屋お蓮

高橋義夫

中央公論新社

目次

けんか茶屋お蓮《れん》

阿蘭陀《オランダ》金魚

一

声変り前の甲高い声を、

「蜆《しじみ》、買わねえか」

と張り上げる。下帯ひとつの裸に半纏《はんてん》をまとい、泥水のしみた手拭いで頬かむりをしている。天秤棒《てんびんぼう》の両端から蜆を入れた笊《ざる》を提《さ》げ、雨あがりの道を泥をはね上げて歩く。

深川蛤町《ふかがわはまぐりちょう》あたりの漁師の息子で、年は十三だが、新公《しんこ》という名は土地ではよく知られていた。

漁師言葉が荒いのは当たり前だが、新公はおまけに口が悪かった。

「たまには生きた蜆を食ってみやがれ。おいらの蜆が買えねえか、貧乏人」

と蜆を売るのかけんかを売るのかわからない。

深川永代寺門前《ふかがわえいたいじもんぜん》町の一の鳥居あたりには、門前仲町《なかちょう》の岡場所から朝帰りする遊客を待つ辻駕籠《つじかご》が何挺もならび、駕籠かきたちがしゃがんで無駄話をしていた。一の鳥居に近い、袋小路の奥に小さな稲荷《いなり》の祠《ほこら》があって、土地の者が稲荷横丁と呼ぶ横丁から、女が二人あらわれると、気づいた駕籠かきが腰を浮かせ、挨拶をする。

「駕籠はいりませんよ。ついそこまでだから」

さきに立つ女が駕籠かきに声をかけた。稲荷横丁の茶漬店《ちゃづけみせ》「万年《まんねん》」の女将《おかみ》でお蓮《れん》とい い、ことし二十七になる。色白で目が大きな派手な顔だちで、口の悪い者は阿蘭陀《オランダ》金魚という渾名《あだな》で呼んでいる。

「蜆、買わねえか。今朝はしけたやつらばかりで、残っているんだ」

新公が声をかけた。

「そうだね。味噌汁《おみおつけ》の実にしようか」

お蓮が女中のお芳《よし》を振りかえった。天秤棒をかついで駈け寄ろうとした新公が、ちょうど一の鳥居をくぐって出てきた武士の横を駈けぬける拍子に、笊が武士に当たり、蜆が路上に散乱する。武士の袴《はかま》が泥で汚れた。

「無礼者」

武士が怒鳴り、平手で新公の頬を力まかせに打った。新公は笊とともに泥の上に倒れこんだが、すぐに起き上がると、

「なにしやがる」

と怒鳴り返した。

「無礼な小僧だ。手討ちにいたすぞ」

武士は刀の柄《つか》に手をかける。むろん抜く気はなく、脅せばこどものことだから縮み上がると高をくくっていたのだろう。武士は二人とも迎え酒を飲《や》ってきたらしく、赤い顔をしていた。

「おう、抜く気か。おもしれえ、やってみろ」

新公はひるむ気配もなく、半纏を脱ぎ捨てて下帯ひとつになった。一の鳥居のあたりには、たちまち人だかりができる。武士たちは思わず顔を見合わせた。新公は天秤棒を両手で高く振りかざし、

「やるか」

金切り声をあげた。武士のひとりが新公の手首をつかみ、天秤棒をもぎとると、平手で頰を張る。新公は一間《いっけん》ばかり跳んで、尻から落ちた。

考えるよりさきに身体が動く。お蓮は駈け出した。倒れた新公をかばい、

「乱暴はおよしなさいな。れっきとしたお武家さまが、こども相手に大人気《おとなげ》ない」

といって、武士たちを睨《にら》む。

「どけ」

新公を張り倒した武士が、お蓮の肩を押した。強い力で押されてお蓮はよろめいたが、向き直ると、

「こんどは女相手に威張ろうってんですか。これだから主持《しゅも》ちはいやだね。ふだん上役の前で米搗《こめつ》きバッタをやっているから弱い者いじめがしたくなるんだ」

といった。鼻血を出した新公が、隙を見て天秤棒を拾い上げると、

「くらえ」

と叫んで振りまわす。天秤棒が武士の腰のあたりをしたたかに打った。

「無礼者、小僧とはいえ、許さぬぞ」

腰を打たれた武士の顔が蒼白になった。衆人環視のなかで、蜆売りのこどもにはずかしめられたのである。

「抜いたぞ」

武士の手に光る物を見た見物人たちが、さっと遠巻きになる。

「斬る気か。やってみろ」

新公は悪態をつきながら、天秤棒を構えた。そのとき見物人の人垣の中から、紫の布で頰かむりをした武士が小走りにすすみ出て、お蓮と新公をかばって割って入った。

「およしなさい。こんなこども相手に大人気ない。刀をおさめなさい」

両手を前に押し出すようにして、武士たちをなだめようとする。背が高くやせているが、腰の構えはしっかりしていた。頬かむりの顔は鼻が高く、眼光は鋭い。しかしこちらの武士も朝酒に酔っているようだった。

「よけいな口出しはよしてもらおう」

抜刀した武士は切先を下げて、片手で追い払う仕草をする。

「人が見ている。早く刀をおさめなさい。こんな小僧を相手にするものではありませんよ。大人だって、口じゃかなわないんだ。親だって手を焼いているんだから」

頬かむりの武士の言葉をきいて、見物人がどっと声をそろえて笑った。二人の武士は笑い者にされたと感じたか、いきり立った。ひとりが抜刀した武士に目くばせをして刀を鞘《さや》におさめさせると、いきなり頬かむりの武士に向き直ると同時に、拳をかためて殴りかかる。頬かむりの武士はわずかに首を曲げただけで一撃を外し、肩をぶつけた。殴りかかった武士ははずみでよろめき、落ちていた笊に足をとられて転んだ。

「ざまあみやがれ。岡場所の女郎にふられて八ツ当たりしやがって、てめえはそれでも侍か。腰にさしているのは、大川《おおかわ》の棒《ぼ》っくいかよ」

新公が悪たれ口を叩く。頬かむりの武士が平手で新公の尻を叩き、あっちへ行けと叱りつけた。面目をうしなった武士は立ち上がって袴の泥を払う。目に殺気が宿った。

「新公、こっちへおいで」

お蓮が駈け寄り、新公の手首をつかんで引きずって行く。頬かむりの武士が、追おうとする二人の武士の前に大手を広げて立ちはだかった。

お蓮はあとを振り返らずに一の鳥居を離れ、稲荷横丁めざして急ぐ。

「痛えよ。放してくれよ」

と新公が悲鳴をあげても握った手首を放そうとはしなかった。

新公を追おうとする武士の腰に、頬かむりの武士がしがみつく。

「堪忍《かんにん》してくれ。相手はこどもだ」

と口では下手に出たが、武士の腰を背後からかかえ上げ、地面に散乱する蜆の上に投げ落とした。見物人が喝采した。

「ざまあみやがれ」

人垣にかくれて罵声《ばせい》を浴びせる者がいた。

店先の幟《のぼり》に亀甲の紋様を染めて、小さく「茶づけ」と書いてある。わざと店の名は出さない。亀は万年の洒落《しゃれ》で、茶漬を売りものにしているが、吟味した酒と腕のよい板前がこしらえる肴《さかな》が評判だった。

間口は三間（約五・四メートル）だが、奥は深い。空き樽《だる》を逆さにして並べた三和土《たたき》と小揚《こあが》りを、店と呼んでいる。岡場所で遊んだ客が、口なおしにあっさりと茶漬を腹に流しこんで行く店である。小揚りは屏風で仕切り、詰めれば六、七組の客が坐れる。

帳場の障子をあけると座敷に通じる廊下が見渡せる。座敷は襖《ふすま》を外せば、ちょっとした宴会ができる広間になる。

お蓮は新公を引きずるようにして、万年の勝手口に駈けこんだ。一緒に逃げてきた女中のお芳にいいつけて、新公の泥だらけの顔と身体を手拭いで拭かせた。新公の鼻血は止まらない。顔を拭かれるのを嫌がるのを、

「おとなしくなさい」

十五になるお芳が姉さまぶって叱りつけた。新公の左の目の縁は武士に張られて腫《は》れあがっていた。顔を拭かれて、

「痛えってばよ」

新公が悲鳴を上げる。いくらかお芳に甘える響きがある。お芳は新公の鼻にちり紙をつめて血を止め、顔を仰向かせた。手刀で首のうしろを軽く叩き、

「こうやると鼻血が止まるから、自分でおやんなさい」

と命じた。新公はいいつけられた通りに首のうしろを叩いていたが、突然、あ、いけねえと声を放つ。

「商売道具を置いてきちまった。とりに行かなきゃならねえ。笊の中にゃ、売り上げの銭《ぜに》も入っているんだ。盗られちまうよ」

と騒ぎ出した。

「馬鹿ね。いまのこのこと出て行ったら、お侍に斬られちまうよ。無礼討《ぶれいう》ちで、首が飛ぶんだよ」

とお芳がいさめる声が、帳場にいるお蓮にきこえた。

「頼む。万年というのは、この店かい」

店の前で大きな声がした。様子を見に出た若い者が、すぐにもどってくると、けげんな顔で、

「妙な侍がきました。頬かむりして天秤棒をかついでいるんで」

とお蓮にいった。あのお侍だとお蓮は察した。誰かに店の名をきいてきたらしい。

「すぐに上がってもらっておくれ」

と若い者にいいつける。若い者が出て行くと、

「こんな姿《なり》で茶屋に入るわけにゃいかねえ。それに、ゆうべつかっちまって、懐《ふところ》の中

を寒い風が吹いているんだ。これはここに置いとくよ。口の悪い小僧に返してやってくれ」

　武士らしからぬぞんざいな口調でいうのが、お蓮の耳に届いた。

「なにをしてるんだか。じれったいね」

　お蓮はビロウド緒の日和《ひより》下駄をつっかけて表に出た。武士は天秤棒と笊を置いて、立ち去ろうとしている。その背中へ、

「お待ちくださいまし」

と声をかける。武士は足をとめ、振り返った。紫の頰かむりの下の顔をあらためて見ると、酔いのためか目が赤いが、鼻すじが通って眉がかたちよく、舞台映えのしそうな顔立ちだった。年のころはお蓮と同じか、もう少し若いのかもしれない。

「さきほどはお助けいただき、ありがとうございました」

「いや、なんでもない、礼にはおよばぬ」

　武士は顔の前で手を左右に振った。引きとめられたくないと見えて、逃げ腰になる。笊を指さして、

「蜆と銭を拾っておいた。銭はあらかた拾い集めたが、蜆のほうは半分になった。三人がかりで踏みつぶしたからな」

といった。

「そんなことまでなすったんですか。もったいない」

「二十文、三十文の小銭でも、小僧にとっては大金だろう」

そういって懐手《ふところで》になり去ろうとする武士に、お蓮は追いすがった。

「店に上がってくださいな。お礼もしないでお帰ししたんじゃ、わたしの気がすまないんですよ」

「そっちの気がすまなくたって、おれは帰りたいんだ」

袖を振り払って、歩き出す。

「お名前は……。それだけでもきかせてくださいな」

「水鳥《すいちょう》。水に鳥と書く」

といい、足早に去って行った。

すいちょうさまとお蓮はつぶやいたが、すぐに気がついて舌打ちした。

「さんずいに酉《とり》で酒のことじゃないか。人を馬鹿にして」

頰をふくらませて店にもどった。台所をのぞき、框《かまち》に腰かけて菓子を食べている新公に、

「さっきのお侍さまがね、天秤棒と笊を届けてくださったよ。売り上げのお銭《あし》もそっく

り拾ってくださったそうだ。お店の前にあるから、かついでお帰り」

と声をかける。新公は残りの菓子を頬ばり、

「かっちけねえ」

生意気な口をきいて腰を上げる。店のほうへ行こうとする頭のうしろを、お蓮は音がするほど強く平手で叩いた。

「なにが、かっちけねえだい。もとはといえば、おまえのその生意気な口からおこったことじゃないのかい。お手討ちになるところを助けていただいたばかりか、泥ん中に手を突っこんで、商売道具からお銭まで拾って届けてくださった。今日《きょう》び、そんな奇特な人はいやしないよ。おまえ、あのお侍さまをみつけて、足元に額をこすりつけてお礼をいいいな」

武士がお蓮の頼みをきき流して、つれなく立ち去ってしまったので、なんとなくおもしろくない。それでお蓮は新公に強く当たったのである。しかし新公はお蓮の叱言《こごと》が身にこたえたと見えて、思いのほかしおらしく、

「へい」

と小さな声で答えて、洟水《はなみず》をすすった。

二

そろそろ日が傾く時刻になると、門前仲町の岡場所をひやかす人々が通りに出てくる。稲荷横丁の人通りも増えて、路上に散らばる貝殻を踏みしだく音が店の奥にいてもきこえる。万年の板場は料理の仕込みでいそがしい。お蓮が板場に顔を出して、およその客の数とその日の料理を板前の清次郎《せいじろう》を相手に念押ししているところへ、女中のお芳が泣きそうな顔できて、

「こわい奴《やっこ》さんたちが、お店の前で騒いでいます」

と告げた。

「なんだね。若《わか》い衆《し》にそういって追い払えばいいじゃないか。忙しいさなかだよ」

万年で雇っているわけではないが、ちょいちょい顔を出して雑用をする若い者が数人いる。その男たちを若い衆と呼び、便利に使っていた。

「若い衆じゃ話にならないんです」

お芳はべそをかきはじめた。奴さんというのは武家屋敷に出入りする中間《ちゅうげん》のことである。どこの屋敷でも代々家来として中間をかかえる余裕がなくなったから、渡り中間

を雇っている。その連中が鼻つまみの乱暴者ぞろいだった。どうせ店の前で騒いで困らせ、酒代《さかて》にありつこうという魂胆だろうとお蓮は高をくくった。

「お芳、塩を持っておいで」

塩をまいて追い払おうと、お蓮は店に出て行った。店さきを掃き清めて、戸口に盛り塩を置いたその前に、身体の大きな若い中間が二人、坐りこんでいた。ふんどしのほかには、浴衣を着ずに腹に巻きつけただけの半裸で、肩から背中にかけての刺青《いれずみ》をこれ見よがしに見せている。ひとりは鯉の滝登り、もうひとりは桜吹雪の下に小さく野ざらしのしゃれこうべがころがる気味の悪い図柄だった。

お蓮に気づいて二人の中間が立ち上がる。わざわざ尻を見せて、両手で砂を払った。

「姉《ねえ》さん、この店はけんか茶屋というそうだね。けんかは売るのかい、買うのかい」

桜吹雪の中間が顔を突き出した。大きな髷《まげ》のさきを広げて月代《さかやき》を覆い、もみあげが伸びて頬髭《ほおひげ》とつながっている。狂暴な光を宿す眼をむいて睨んだ。お芳がふるえあがるのも無理はない。

「挨拶の仕方も知らないようだね。たしかにご贔屓《ひいき》さまの中には、けんか茶屋とお呼びになるお方もいますよ。でもね、ここは仲直りをする場所で、けんかを売り買いする場所じゃないんだ。勘ちがいも大概《たいがい》にしな」

「なにを」

桜吹雪の中間は、お蓮が怖れ気もなく涼しい顔をして啖呵《たんか》を切ったので、出鼻をくじかれて言葉に詰まる。

「人の家にくるときには、手前はどこどこのお屋敷の奉公人で、なんの誰兵衛《たれべえ》でございと名乗るもんだよ。挨拶というのはそういうもんだ。奴さんはどなた様の奉公人だい」

「べらべらと口の減らねえあまだな。押しこんで店の中をめちゃめちゃにしてやるが、それでいいか」

中間は拳を振り上げて脅すが、お蓮は一歩もひかない。騒ぎを耳にした板前の清次郎が、板場から出てさり気なくお蓮の背後に立った。清次郎は晒《さらし》で刃をくるんだ刺身庖丁を手にしている。中間たちに見えるように、それを胸のあたりで揺らした。

「まあ、まあ」

と声をかけて、鯉の刺青の中間が割って入った。もみあげが長いのは朋輩《ほうばい》と同様だが、髪が薄い質《たち》で、顔色が悪い。目がくぼみ、凄みがある。

「そりゃ女将《おかみ》のいうのがもっともだ。名のりを上げようじゃねえか。おりゃ本所北森下町《ほんじょきたもりしたちょう》のお旗本、戸川理助《とがわりすけ》様のお屋敷に中間奉公する円次郎《えんじろう》という者だ。本所じゃちょっとは売れた顔だぜ。それで、こっちは……」

「同じお屋敷の中間、三代次《みよじ》ってんだ。野ざらしの三代次といやあ、泣く子も黙るてなもんだ」

三代次は芝居じみた所作で見えを切り、尻を向けて背中の刺青を見せた。

「本所のお旗本ねえ。あいにく知りませんね。どうでもいいけれど、お二人さん、浴衣をまとってその背中のきれいな絵をかくしておくれよ。おもしろがって見物人が集まってきたじゃないか」

中間たちのわめき声をきき、狭い横丁に見物人が集まってくる。お蓮が啖呵を切るのを喜んで、にやにや笑う見物人がいる。いまにも大向こうから声がかかりそうだった。

「強がりもいい加減にしな。朝っぱらおめえの所の馴染みの侍が、戸川様にゆかりのあるお武家様二人に乱暴しただろう。おひとりは脚の骨を折る大怪我だ。逃げてそれきりという話はねえだろう」

円次郎と名乗る中間がいった。

「そういやあ一の鳥居のそばで、けんかがあったんだってね。朝早くから酔っ払って、二人がかりでダンビラを振りまわしてひとりにかかって、投げとばされて返り討ちにあったそうじゃないか。大勢が見てたんだ。ふつうなら恥じ入って、しばらくは人前に出ないもんだ、それをお前さんたちのように、大声で主家《しゅけ》の恥をいいふらすなんて珍しいね。もっとも今日びの奴さんは、主家もへったくれもあったものじゃないかい」

「おいらも見たよ。弱い侍だったね。ちょうさんに投げられて、二間ばかり飛んでった」

店の前に集まった野次馬《やじうま》のひとりが声をかけた。よけいなことをいわないでおくれとお蓮はとめようとしたが、すでにおそかった。円次郎はききのがさず、野次馬に詰め寄ると胸倉をつかんだ。

「旦那さん、いまちょうさんとかいったね。お武家さんに大怪我をさせた下手人を知っているね。ちょうさんというのは、どこの誰だい」

「知らない」

野次馬はかぶりを振る。その喉首を円次郎がつかみ、絞め上げた。

「苦しい」

とうめき声をもらして手を振りほどこうとするが、よほど円次郎の腕力が強いと見えて、手は外れない。

「ちょうさんというのは、誰なんだよ」

円次郎が手を放す。野次馬はその場にくずおれ苦しげにむせ返った。

「いい加減におし」

お蓮は野次馬に歩み寄り、背中をさする。板前の清次郎が晒を巻いた刺身庖丁を握ったまま、お蓮をかばって前に立った。

「こんなことをされたら、黙っちゃいられないよ。お芳、石場《いしば》の小父《おじ》さんを呼んできておくれ」

とお蓮は店に顔を向けて声を張り上げた。その声をきいた野次馬のひとりが、

「石場の捨三《すてぞう》さんだね。おれがひとっ走りして呼んでくらァ」

と声をかけると駈け出した。石場の捨三は六十四になるが、若いころはけんかと博奕《ばくち》で名を売った深川の顔役である。中間の二人もその名前を知っていると見えて、顔を見合わせた。野ざらしの三代次はちっと音を立てて舌打ちし、

「この場は引き上げるが、ただじゃすませねえぞ。ちょうさんとかいう侍にいっといてくれ。本所中の中間が命をねらっているんだ」

と捨て科白《ぜりふ》を吐いて尻を向けた。

板前の清次郎が首を絞められた野次馬を助け起こし、肩を貸して店に入れた。小揚りに坐らせ、水のかわりに升酒を一杯出してやる。野次馬は酒を口にふくむと、またむせ返った。ようやく一息つき、上《かみ》の橋近くの佐賀町《さがちょう》に住む古着商の伊兵衛《いへえ》と名乗った。

「とんだ目にあいましたね」

とお蓮が声をかけると、苦しげに涙のにじんだ目を向けた。

「まったく、口は災いのもとで……」

「その災いのもとだけれども、ちょうさんというのは、どこのどなたさまか、ご存知かい」

「門前仲町でよく見かける顔だが、わたしもちょうさんというだけで、本名は知らないんだよ。大身《たいしん》のお旗本の若様という話だが……」

「若様が岡場所通いかい」

「よく酒はのむんだが、女郎のほうは知らない。いつぞや水鳥会《すいちょう》（酒ののみくらべ）で大関になったとかいう話だ」

「大酒のみはいけないよ。身の毒だ」

とお蓮はつぶやいた。

捨三は夜おそくなってから、ひとりで万年にやってきた。福々しい顔におだやかな笑いを浮かべている。長寿を約束する長い眉が下がっている。その捨三が若いころ、けんかと博奕で知られた男とは、想像もできない。お蓮の祖父の助七《すけしち》は生前江東《こうとう》随一の親方と呼ばれ、実家が小女郎《こじょろう》と名づけた菓子を造って売ったところから、小女郎の親分という異名で呼ばれた。捨三は助七の子分で、深川の石場に住んでいたから、お蓮は幼いころから石場の小父さんと呼んでいたのである。捨三はいまは堅気の隠居となり、博奕場には足を向けないが、捨三を慕って隠居家に出入りする若い者は少なくない。

座敷は宴会の客でふさがっていたから、お蓮は捨三を小揚りに上げた。捨三は川魚の甘煮《うまに》を肴に、女中のお芳を相手にのんでいた。お蓮は手が空いてから、お芳と代って小揚りに出て行った。

「お嬢、とんだ人騒がせだったな」

捨三は還暦をすぎてからめっきり酒が弱くなり、すぐに顔が赤くなる。お蓮が二十七になっても、幼いころの呼び癖で、お嬢と呼ぶのをやめない。万年で騒動が起きたと駈けこんだ人がいたから、若い者を見にやったが、もうおさまったあとだったと捨三はいいわけがましくいった。

「いいえ、かえって小父さんには迷惑をかけてしまいました。たいしたことじゃないんです。奴さんのたかりですよ。酒代にでもしようと思いついたんでしょう」

お蓮は捨三にいきさつを話した。おまえの店はけんか茶屋というそうだが、けんかを売るのか買うのかと中間がいったとお蓮が話すと、捨三は猪口《ちょこ》を宙に遊ばせたまま、噴き出した。

「そんなことをいったのかい。中間にしちゃあ気が利いた口をきくじゃねえか」

「笑いごとじゃありませんよ。蜆売りを助けたお侍の命をとるの、とらないのと物騒なことをいってるんだから」

「どうせ、いいがかりをつけて酒代にありつこうという魂胆だろうよ。血を見りゃ迷惑するのはお旗本の旦那だ」

「そうならいいんですが……」

お蓮はちょうさんと呼ばれる侍が気になった。ふつうの人ではない。親切なのか、おせっかい焼きなのか。蜆売りのこどもをかばって身体を張ったばかりか、蜆や小銭を拾い集めてわざわざ届けにくる。もしかしたら、少し足りないのかもしれないと心配になるほどだった。

「それよりおれが気になるのは」

と捨三はいいかけて、少し考えた。胸元のあたりに浮かせた猪口にお蓮は酌をして、お侍のことですかといおうとすると、

「蛤町の漁師のことだ。深川の漁師町は慶長《けいちょう》年間の埋め立てで初めにできた村だ。深川の主はおれらだと漁師は腹の底で考えてるんだ。男の子が生まれりゃ棒《ぼ》てふりをさせるのは、古くからの決まりだよ。こどもの商売を邪魔されて怪我までさせられたら、黙

っているとも思えねえがな。網元が乗り出してくると、とんだ騒動になる」

と捨三はいい、下唇を突き出して見せた。それが捨三の困ったときの癖である。お蓮は漁師たちのことは、捨三にいわれるまで思いもよらなかった。

「こんど中間が押しかけてきたら、お嬢は相手にならずに若い衆にでもそういって、少し銭をやっておくさ。それでもぐずぐずいうようなら、あとはおれが掛け合ってやるよ」

そういうと捨三は猪口を伏せ、もう帰るといって腰を上げた。お蓮は引きとめたが、好きにさせろと笑いながらいい、手を横に払う。店の外に送って出て、お蓮は甘えた。

「小父さんの顔を見て安心した。いるだけで頼りになるわ」

「世辞をいってもなにも出ねえよ」

稲荷横丁の入口あたりで捨三を待っていた若い者が二人、歩み寄って腰を折る。提《ちょう》灯《ちん》を提げた男が、捨三の足元を照らしながらさきに立って歩き出す。表通りはまだ人通りが絶えない様子だった。

お蓮が店にもどろうとすると、若い者がひとり小走りにもどってきた。

「やっぱりお耳に入れとこうかと思いましてね」

「なんだい」

「お店の様子をうかがう怪しいのがいました。おれらが立っているのに気づいて、そのうち消えちまいましたが……」

「奴さんかい」

「へい。そんな風体《ふうてい》の身体のでかいので。お気をつけなさい」

「ちょいとお待ちよ」

酒代でもやろうと袂《たもと》をさぐったが、若い者は見向きもせずに、捨三を追って駈け出した。

三

翌朝早く万年の勝手口で、

「ごめんよ、けんか茶屋ってのはここかい。あけてくんな」

と大きな声がした。お芳が出て行って相手をする。用件をきいているようだが、

「いいから、旦那にとりついでくれってんだよ。焦《じ》れってえな」

とわめき立てる。お蓮は板場へ行き、勝手口の戸の前で立ちつくしているお芳に、戸をあけるように目で合図をした。お蓮は寝巻の上に薄い羽織を間に合わせにまとっただ

けで、まだ化粧もしていない。お芳がしんばり棒を外して戸をあけると、外に色の黒い男が立っていた。下帯ひとつに半纏をまとっただけで、蜆売りの新公とよく似ている。

「旦那はいるかい」

「あいにく旦那なんてものはいないよ。この店じゃあたしが亭主でね」

とお蓮がいうと、男はとまどいの色を目に浮かべた。

「そりゃお見それしちゃったな。おれは蛤町の浅吉《あさきち》てんだ。きのうおれの餓鬼《がき》が世話になったときいたから、挨拶にきた」

と大きな声でいう。いかにも潮風で嗄《か》らしたような声だった。浅吉の足元には蓋《ふた》をした盥《たらい》が置かれ、天秤棒が乗っている。それを担《かつ》いできたと見える。

「新公の親父《おやじ》さんなら、はじめからそういやあいいじゃないか。あたしはまた殴りこみにきたのかと思ったよ」

お蓮は胸の上をおさえた。浅吉は目をそらした。

「お上がんなさい」

とお蓮はすすめたが、浅吉はいいんだといって戸口から入ろうとはしない。足元の盥の蓋をあけると、片手で鯛の尾をつかんで顔の高さに持ち上げた。

「これ、食ってくれ」

鯛だとか、お礼の印だとか、かんじんなことをいわない。目の下二尺（約六十センチ）余はありそうな鯛だった。

「りっぱな鯛だねえ。まだ生きてるじゃないか」

「ござった（死んだ）魚なんぞ持ってこねえよ。今朝揚《あが》ったんだ」

鯛は浅吉の手で吊り下げられたまま暴れた。

「早くしろよ。持ってるのも楽じゃねえんだ」

と浅吉がいう。お芳が台所から大笊をかかえてくると、浅吉は乱暴に大笊の中に鯛を放り投げた。お蓮は板前の清次郎に見せなとお芳にいいつけた。

「あんな鯛をただもらうわけにはいかないよ」

「いいんだ」

浅吉はなにか話がありそうな様子だが、乱暴な口しかきけないのが気が引けるのか、口ごもる。

「新公はどうしたの。今朝は休みかい」

「顔がこれだ」

目が腫れてふさがったという手真似をして見せる。脚も痛がってやがるとつけ加えた。こどもだけに、見た目よりも傷が大きかったらしい。

「大事にしてやっておくれ」

「あんな餓鬼のひとりや二人、どうなってもかまやしねえんだが、商売を邪魔されたのは堪忍できねえ」

「およしよ。けんかはいけないよ」

お蓮は眉をひそめた。浅吉はまぶしそうにお蓮を見る。

「いいから、お上がりよ」

といってお蓮が近づこうとすると、寄られた分だけあとじさりした。

「お侍は、どこにいるんだ」

「お侍って、新公を助けてくれた人のことかい」

浅吉はうなずく。

「あたしのほうも話があるんだけど、どこのどなたか知らないんだよ。ちょうさんっていうんだそうだよ」

「そうかい」

「門前仲町でよく酔っぱらっているらしいから、その気になりゃすぐに見つかると思うがね」

「仲町かい」

浅吉はけっきょく、礼の言葉を口にするでもなく、天秤棒を担ぐと逃げるように去って行った。

板前の清次郎は浅吉が去ってから、勝手口に顔を出した。

「あんな鯛を見たのはひさしぶりだから、一言礼をいおうと思ったんですが、そうですか帰ったんですか」

清次郎は浅吉の顔を見られなかったことが残念そうだった。

「今夜のお客はもうけものですよ。腕のふるい甲斐があるってもんで」

浮き浮きした口調でいう。

「それよりねえ、清さん、ひとつ頼みたいことがあるのよ」

「なんでしょう」

「お前さんの顔の広いところで、きのうの酔っぱらいを探し出してくれないか」

「ああ、ちょうさんとかいうお侍ですか」

「そう。あっちじゃ見つけしだい命をとろうという、こっちじゃ息子を助けてくれたお礼をしたいという。どっちもこっちも、お前の店の知り合いだろうってやってくるんだもの。めんどうったらありゃしない」

「あんな得体の知らねえお侍にかかわり合わねえほうがいいと思いますがね。けんかを呼びこむ人じゃねえんですかい。そんな臭いがしたね」

「酒臭いだけだよ。頼んだよ。探しておくれ」

お蓮は気乗りしない清次郎に強引に頼みこんだ。


夕立に追い立てられるように、稲荷横丁に駈けこむ人々の声がきこえる。軒下で雨やどりをしようとしかけて店の中をのぞき、思い直して駈け去る男がいた。

「清さん、清さん」

と板前の清次郎を呼ぶ声がした。お蓮が店に顔を出すと、見知らぬ若い男が雨に濡れて立っている。お蓮の顔を見て、

「清さん、いるかい」

と声をかけた。

「濡れるよ。お入りなさい」

「客じゃねえんで。清さんに用がある」

店に入ろうとしない。

「清さんはいま仕込みで手が放せないんだよ。いいから、お入りなさい」

男は、尻はしょりしてあらわになった脛《すね》まで濡れている。

「それじゃ、いっといてくんな。ちょうさんがいるってね。見つけたら知らせろと清さんに頼まれたんで。門前仲町の上総《かずさ》屋という蕎麦《そば》屋だよ」

そういって駈け出そうとする。お蓮は男を追いかけて濡れるのもいとわず、日和下駄をつっかけて店の外に出た。

「お待ち。頼みがあるんだ。そのちょうさんを、店に呼んできておくれ」

と声をかけると、男は足をとめ、振り返る。

「いやだよ。ちょうさんは、けんかをしてるんだ。巻きぞえはごめんだ」

泥をはね上げて駈けて行った。お蓮は誰か呼ぼうとしたが、店にはあいにくお芳がいるだけで、板場の人手をさくわけにもいかない。裾を上げ、傘をさして雨の中に出て行った。

上総屋という蕎麦屋を探すまでもなかった。鰻《うなぎ》屋と料理茶屋がならぶ一画に、人だかりがしていた。

「もういいかげんに勘弁してやんなよ」

という声がきこえる。傘を傾けて背伸びをして人垣のうしろからお蓮がのぞきこむと、男が二人泥まみれになって、両脚を投げ出して坐りこみ、侍がその前に仁王立ちになっていた。侍は黒小袖の着流しの尻をはしょり、下帯の晒を長く前に垂らしている。雨に濡れた髷のさきがつぶれて月代に貼りついている。水鳥のちょうさんだった。

坐りこんだ男の背中の刺青は泥にまみれて桜の花が踏み散らされたように見える。万年に脅しにきた中間の円次郎と三代次である。三代次は手首を挫《くじ》かれたか、腹に右手をかかえこんで痛みに耐えている。脇差が足元に放り出してあった。

「危ねえよ。その刀、遠くへ投げちまえ」

見物人の一人が大声をあげた。ひとりが駈け寄り、脇差をつかんで逃げた。

「野郎、よけいなことをするな」

鼻血が流れて胸まで朱に染めた円次郎が手を伸ばして怒鳴るが、立ち上がって追う気力はない。

「まだやるのかい」

ちょうさんが、うんざりしたような顔で二人を見下す。

「お侍さん、もうよしなよ。これ以上おやんなさると弱い者いじめになっちまう」

見物人の声が上がる。どうやらけんかは一方的に中間たちが打《ぶ》ちのめされたらしい。

「ごめんなさいよ」

お蓮は人垣をかきわけて前に出ると、ちょうさんに傘をさしかけた。

「おや、いい女だね」

と冷やかす声のほうをきっと睨んでから、

「こないだはお世話になりました」

と話しかけた。ちょうさんはすぐに気づいて、

「ああ、けんか茶屋か。さすがに商売。嗅《か》ぎつけるものだな」

といった。

「なにをいってるんですか」

といって、お蓮はちょうさんの濡れた袖を引く。中間の円次郎と三代次は、

「野郎、このままではすませねえぞ」

と強がりをいっているが、叩きのめされて反撃する元気はなかった。

「こんな連中を相手になさるものじゃありませんよ」

とお蓮はいい、ちょうさんの背中を肩で押してその場から離れようとする。

「待ちなよ。蕎麦屋の払いがまだなんだ」

ちょうさんは町人のような言葉づかいをした。

「払いはあとで届けますよ。お前さまは、見るたびけんかをしているんだから」

お蓮がちょうさんを見たのは、けんかの場面ばかりだった。この日は、蕎麦屋でのみはじめてすぐ中間たちにみつかったと見えて、息が酒臭くはなかった。

二人が稲荷横丁に歩み入ったときには夕立が上がり、青空がのぞいた。雲の白さがはっきりとして、潮の香がまじる涼しい風が吹いてきた。

お蓮はちょうさんを店の座敷に上げると、お芳にいいつけて濡れた着物の代りに浴衣を用意させた。ちょうさんが身体を拭き、浴衣を着てから、お蓮はお芳と入れちがいに座敷に入った。お芳とすれちがいざまに、

「お膳を仕度《したく》しておくれ。お銚子を二本と、肴は清さんにそういって、ありあわせで」

と小声でいいつけた。

ちょうさんは座敷の隅に、居心地悪そうに坐っていた。あぐらをかいた膝頭に片手をつき、肩をすぼめて所在なげに腕をさする。

「自重しているつもりだが、つい手が出てしまう。これは病《やまい》だな。痼疾《こしつ》だ。あとになると悔やむのだが、時すでに遅しだ」

とひとりごとのようにしてつぶやいた。

「あいつらが悪いんですよ。あたしんところでも、かかわりがありますんで」

お蓮はちょうさんの前に膝をそろえて坐ると、三日前、蜆売りの新公の騒動があった日の午後、中間の二人が店にきて脅したいきさつを話した。

「それははじめてきいた。おいらのせいで、えらい迷惑をかけちまったな。そうかい、

本所北森下町の戸川といったかい」

ちょうさんはその旗本の名に覚えがありそうだった。

お芳が膳に銚子と肴の小皿を載《の》せて運んできた。お蓮が銚子を傾けてすすめると、ちょうさんは酒を口の中に放り込むようにして猪口を空けた。猪口を置いて、湯呑茶碗を目で探す。

「大きな盃を持っておいで」

それと気づいて、お蓮はお芳に声をかけた。ちょうさんがじっとお蓮の顔をみつめた。お蓮はみつめ返して、

「なんですか。わたしの顔になにかついていますか」

といった。いや、いやとつぶやき、ちょうさんは片手を上げて振った。

「お前さん、小太刀でも遣《つか》うかい」

「茶漬屋の女将ですよ。箸は使っても刃物は持ちません」

「そうかい。さっきのごろつきどものさばき様《よう》、胆がすわって武術の心得でもありそうだと見たが……」

「酔ってたんでしょう。見当ちがいですよ」

お蓮は笑って、手で叩く真似をした。

「そうかな。さほどのんだ覚えもねえが」

「酔っ払いはみんなそういいます。そもそも、お前さまが悪いんじゃありませんよ。あの奴さんたちが騒いでいるときに、店の前にいた野次馬が、うっかりちょうさんの名を出してしまったんです。お旗本の御家来に大怪我をさせた下手人は放っておかない、といってね、お前さまをつけ狙っていた、というわけです。稲荷横丁にも見張りを立てていたんです。執念深いったら、ありゃしない」

「今日は昼間からあの連中にあとをつけられていた。そういうわけだったのかい。知らぬが仏とはこのことだな」

　お芳が膳を運んできた。いいつけ通りに二合入りの銚子が二本、熱燗《あつかん》にして、皿には香のもの、小鉢に蜆の佃煮が盛ってある。

「こないだの蜆ですよ。ちょうさんが……」

　といいかけて、お蓮は口をおさえた。

「みなさんがそういうもんだから、つい馴れ馴れしく」

「小松弥三郎《こまつやさぶろう》という姓名があるが、あまり好きでもねえし、いばって姓を名乗れる身分でもねえのさ。深川ではちょうさんで通してもらったほうがありがたい」

　どうやら、家には寄りつけない事情をかかえていそうな物いいだった。

「それなら、遠慮なくちょうさんと呼ばせてもらいますけどね。奴さんのほうはとり合わないでおくつもりですが、それとはべつに、新公の親父さまというのがきまして、ちょうさんにお礼がしたいそうですよ」

「それは困る。礼だとかなんだとか、そういうのは困るんだ。まさか、おいらの名は出すまいね」

ちょうさんの弥三郎は顔をしかめ、顔の前で手を横に振った。

「あら、もうお名前を出してしまいましたよ。門前仲町を探せばみつかるともいっちまった。よけいなことをいいましたかね」

「よけいなことだよ。まったくよけいだ」

弥三郎は困りきった顔つきになって、お蓮が酌をした猪口を口に持っていった。

四

四合や五合の酒では弥三郎は変らないが、一升を越すとだらしがなくなる。目を細めて笑いながら、猪口が指の間に貼りついて放《はな》れず、酌をされればいくらでものむ。その晩は酔いつぶれて、万年の二階の狭い座敷にお芳が蒲団《ふとん》を敷いて寝かせた。

板前の清次郎は通いだが、お蓮と女中のお芳、板前見習の乙吉《おときち》、下働きの治助《じすけ》とおさんという中年の夫婦が奥の部屋に寝泊りしている。翌朝お蓮は裏の井戸の水音をきいて目を覚ました。まだ明けきっていない。お蓮が台所の戸をあけて裏の井戸を見ると、袖なしの襦袢《じゅばん》姿になった弥三郎が、釣瓶《つるべ》で水を汲み、肩から勢いよくかぶっていた。なんべんも水垢離《みずごり》をくり返したと見えて、足元には水たまりができている。水をかぶり終ると、やや明るんだ東の空に向かって一礼し、手を二拍した。肩幅は広く、背中から肩にかけて盛り上がった筋肉に濡れた襦袢が貼りついている。いかにも少年のころから鍛え上げた肉体だった。お蓮は見てはいけないものを見た気がして、あわてて戸をしめ、台所の水瓶から水を汲んでのみ、寝間にもどった。

間もなく朝の早いおさんが起き出して、台所に行く気配がした。お蓮は寝直しのつもりで、うつらうつらとした。

「うわっ」

と悲鳴があがる。治助とお芳も起き出した。お蓮が台所へ出て行くと、井戸のそばにおさんが尻餅をついていて、半裸の弥三郎があわてた様子でたたずんでいる。治助が女房のおさんに歩み寄り、背後から脇に手をさし入れて助け起こした。

弥三郎は寝巻がわりにした浴衣をあわてて濡縁《ぬれえん》からつかみ上げてまとった。帯は忘れ

て前を手でかき合わせ、

「すまねえ、脅かす気はなかったんだ」

片手拝みをしておさんに詫びる。

「ほんとうに驚いた。腰がぬけたよ」

とおさんがいった。馬鹿だね、とつぶやき、治助が笑い出す。おさんは台所から裏の井戸に出ようとして、出会い頭に弥三郎と遭遇したのだった。空から天狗《てんぐ》が飛び下りたと思った、とあとでおさんはそのときの驚きを語った。

朝餉《あさげ》の膳を座敷に用意して、弥三郎を呼んだ。お蓮が給仕をして、

「毎朝あんなことをしなさるのかい」

と訊《たず》ねた。

「あんなこと」

「水垢離と……」

といいかけると、弥三郎は頭のうしろを平手で叩き、照れ笑いをした。

「十四のころから剣術道場の住みこみ弟子だったから、癖がついた。それに朝水を浴びると二日酔いにならねえ。いまはもっぱら二日酔い封じってわけだ。それからおさんが腰を抜かしたのは、おいらの朝稽古《あさげいこ》を見られたからだ」

弥三郎は箸を休め、碗を膳に置いて、手刀で縦横に空を切る真似をして見せた。自身が工夫している活人剣《かつじんけん》の稽古だというのだが、お蓮にはまったく興味のわかない話だった。しかし身軽に飛んだり跳ねたりするらしいことはわかった。

お蓮が膳を下げようと立ち上がったとき、店の前で、

「誰かおらぬか」

と高飛車《たかびしゃ》な調子で案内を乞う声がした。お蓮は膳を持ったまま、耳をそばだてた。お芳が応対に出て、店はまだあかないという。

「客ではない。この家《や》に、ちょうさんとかいう仁《じん》がおられるだろう。その仁に用がある」

「そんな人はいらっしゃいません」

「いることはわかっている。逃げかくれはせぬがよい」

そのやりとりが耳に届き、弥三郎が腰を上げた。

「行っちゃいけませんよ」

お蓮は膳を足元に置き、両手で弥三郎の手首をつかんだ。

「あっちはおいらがこの店にいることを知ってるんだ。行かなきゃ迷惑がかかる。放してくんな」

弥三郎が手首を返すと、お蓮がしっかり握ったはずの手が、たやすく外れた。弥三郎は店に出て行く。お蓮はあとからついて行った。

店の前に編笠をかぶった武士と中間が立っていた。中間は円次郎で、鼻が折れでもしたか顔の中央が腫れ上がり、目がふさがっている。弥三郎が出て行くと武士が編笠を外して顔を見せた。お蓮は弥三郎の肩ごしにのぞきこみ、

「あのときの……」

とつぶやく。一の鳥居の前で蜆売りの新公を打った武士だった。二人はしばらく小声で話し合い、武士は笠をかぶり直す。弥三郎は武士に背を向けて店にもどってきた。

「なんの掛け合いですか」

「万年には迷惑をかけないと約束した。もう二度と寄りつくことはねえだろうよ」

とだけいい、廊下を奥へ歩く。そんな約束をする連中じゃない、とお蓮は思っている。べつのことを話したにちがいない。

弥三郎はすぐに身仕度をして、二階から下りてきた。着たきりの着流しに大小の二本を差しただけで、仕度というほどのこともない。素足に草履を履き、

「すっかりご馳走になった。忝《かたじ》けない。この埋め合わせは、きっとするから。今日のところは、すまねえが、食い逃げ」

と朗らかな調子でいい、袖を振って見せた。

「どこへ行くんですか。危いことをするんじゃないでしょうね」

「危いことはしねえ。世話になったね」

といったときには、もう外に出ていた。

「勝手におしよ。もう酒はのませてやんないよ」

お蓮は悪態をついた。

それからほどなくして、若い漁師が勝手口をのぞいた。新公の父親とちがって、こちらはいくらか言葉づかいがおだやかで、

「ついさっきお店から出た侍がいたね。ありゃちょうさんという人じゃねえかい」

と訊ねた。お蓮が、

「お前さんはどこのどなただい」

と問うと、蛤町からきたが、新公の従兄《いとこ》だと答える。浅吉から、ちょうさんと呼ばれる侍の居場所をつきとめろといいつけられているのだという。

「そうかい。それなら教えてもいいね。あの人が、ちょうさんだよ。まだ遠くへは行くまい。追いかけるがいいよ」

「そうか。やっと見つけた」

新公の従兄は礼もいわずに、頭を軽くぺこんと動かせて見せただけで、半纏の裾をひるがえして駈け出した。

弥三郎に果たし合いを挑んだのは、旗本戸川理助の家来、中野五郎太《ごろうた》だった。家来といっても親代々の奉公ではなく、剣術自慢で売りこんだもので、武士の家柄であるかどうかも怪しい。門前仲町の岡場所で遊んだり、朝酒をのんだりする金は、戸川家の給金で足りるはずもなく、おそらく自慢できない内職で稼いでいるのだろう。ちかごろはこの手のごろつき武士が大威張りで濶歩《かっぽ》している。

刻限は暮れ六つ（午後六時ごろ）、場所は入船町《いりふねちょう》の材木置場近くの空地。一対一の尋常の勝負という約束だった。

弥三郎はいつもの着流しに尻はしょり、足元だけは草履ではなく、新しい草鞋《わらじ》で固めていた。手拭いで頬かむりし、大小を腰に差し、祭りの山車《だし》の先触れをする猿田彦《さるたひこ》が持つような、錫杖《しゃくじょう》をどこから持ち出したか手にしていた。錫杖を突くとさきの金輪《かなわ》がじゃらんと鳴る。音を立てながら夕暮れのせまる空地に歩み入った。

三方は堀と川で、空地には雑草がおい茂り、昼間でも人影を見ない寂しい場所である。野鼠を餌にするイタチが動きまわるばかりだった。

空地で待ちかまえていたのは、中野五郎太ひとりではなかった。中間の円次郎と三代次、ほかに浪人体《てい》の月代を伸ばした武士が二人、つごう五人である。弥三郎はたがいの顔がはっきり見分けられる間合いまで歩くと、錫杖を地面に突き刺し、頬かむりの手拭いを外して鉢巻にした。用意の襷《たすき》をかけると、錫杖を担ぐ。

「ずいぶん加勢を頼んできやがったな。ひとりじゃけんかもできねえか。弱虫め」

憎まれ口を叩きながらも、ためらう様子もなく歩み寄る。海に落ちた夕陽の残光が西の空の雲を茜《あかね》色に染めていた。

「ひとりできやがるのが間抜けだ。ぶち殺して烏《からす》の餌にしてやらあ」

三代次が憎々しげにいい放つ。それを合図に思い思いに散り、前後左右から弥三郎を取り囲んだ。

弥三郎は中野をみつめ、ほかの者には目もくれない。中野をはじめ武士たちが腰の刀を抜き放ち、中間二人は六尺棒を構えたが、歩調を変えて中野に歩み寄る。錫杖が地を突くたびに金輪が鳴った。

「やれ」

中野はあとにさがりながら、加勢に声をかける。弥三郎の間合いをつめる速さに動揺はかくせなかった。

「いやあっ」

横に立つ武士が気合をかけ、刃先を揺する。それはただの虚仮《こけ》おどしで、踏みこもうとする気迫はこもらない。弥三郎は気にとめず、中野をめざして歩く。その歩みがさらに速くなった。

「野郎」

とわめいて、最初に打ちかかったのは三代次だった。錫杖がはね上がって六尺棒を払う。乾いた棒の音と金輪の音がしたかと思うと、三代次の六尺棒が手を放れて宙に舞い、つぎの瞬間、こめかみのあたりを錫杖で打たれた三代次は頭からもんどりうって倒れた。弥三郎の動きは、錫杖を一旋《いっせん》させただけに見えた。

「小癪《こしゃく》な」

中野はみずからを鼓舞するように口走ると、正眼に構えて間合いをはかる。弥三郎は腰の刀には手をかけず、あくまでも錫杖を武器にして詰め寄る。円次郎は利口《りこう》にふるまって、背後にまわるふりをして加勢の浪人の陰にかくれた。

金輪が鳴った。中野は弥三郎の胸をめがけて斬り下す。弥三郎は間合いを見切って刃に空を斬らせ、同時に錫杖を打ち下した。錫杖が中野の肩を砕いた。中野は利き手の右腕を棒のようにだらりと下げ、辛うじて左手で柄を握ったまま、よろめいて膝からくずおれた。

錫杖が弥三郎の頭上で円を描く。空気を裂く音が鳴った。

「中野は動けねえ。つぎは誰が相手だ」

空気をふるわすような大音声《だいおんじょう》だった。そのとき材木置場の堀のほうから、

「旦那、加勢だ」

と叫びながら、銛《もり》を手にした漁師たちが駆けてきた。その勢いに怯《ひる》んだ円次郎がまっさきに逃げ出すと、浪人たちは刀を鞘におさめ、背を向けたのである。

その果たし合いのありさまを、もちろん弥三郎は口を噤《つぐ》んで語ろうとはしない。お蓮はあとから、漁師からきいたのだった。

「ありゃ人間じゃねえ、天狗だ。天狗が舞い踊ってるみてえだった」

とその場に駆けつけた漁師は語った。しかしお蓮は、酔っ払って笑っている弥三郎の姿しか見ていないだけに、にわかに信じられない話だった。

五

同じ深川の内で生まれ育っていながら、お蓮が漁師町の蛤町へ足を向けたのは、その

日がはじめてだった。ひとに話しても笑われるだけだから黙っているが、お蓮は橋を渡るのが嫌いである。嫌いというより、こわくてたまらない。

朝早く蜆売りの新公が、

「蜆、買わねえか」

と甲高く売り声をあげながら万年の勝手口にきた。下働きのおさんが笊をかかえて出ると、笊いっぱい蜆を入れて、

「お代はいらねえ。ちょうさんは蛤町にいるぜ」

といった。

「なんでまた蛤町なんかに」

おさんが驚いてきき返すと、新公は土地を馬鹿にされたと感じて頬をふくらませ、

「いたっていいじゃねえか。朝から酒をかっくらってやがる。それだけいいにきたんだ。金魚婆《ばば》ァ」

と憎まれ口を叩いて去って行った。おさんから話をきいて、昨日の今日だから、なにか事情《わけ》があるにちがいないとお蓮は考え、住みこみの板前見習の乙吉を付き添いにして、様子を見に行くことにしたのである。乙吉はまだ十五で、用心棒には力不足である。蛤町に行くには堀にかかる小さな橋を渡らなければならない。お蓮にとっては一大決心だ

った。

永代寺門前町をぬけると、商家の瓦屋根の代りに板ぶきの低い屋根がならぶ。蛤町へ渡る小橋にさしかかると、駕籠が上下に揺れた。お蓮は息をとめ、固く目をつむり、両手を膝の上で握りしめる。身体がふるえ出し、悲鳴をあげそうになるのを必死にこらえた。

短い橋を渡り切ると、道は細く、貝殻ばかりが目立ち、潮の匂いがする。四ツ手網の竿《さお》が立てかけられ、網が干してある広場には、短い腰巻ひとつの女たちが集まり、木箱に腰かけて蛤と赤貝の剝身《むきみ》をヘラで掻き出していた。娘も年寄りもいて、乳房があらわなことはいうまでもなく、作業のしやすいように股をひらいて腰かけるので、股間のかくしどころは前から見えるが、気にする女はいない。それが漁師町の風俗だった。

「ちょうさんの居どころをきいておいで」

お蓮がいいつけると、乙吉は女たちに歩み寄ったが、女たちが気づいてヘラを動かす手をとめ、顔を向けると怖気《おじけ》づいて足が動かなくなった。

「なんか用かい」

三十過ぎの小肥《こぶと》りで豊かな乳房の女が声をかける。町場の者がきたというだけで、警戒しているらしい。

「ちょっと物をききてえが……」

乙吉がかぼそい声でいうと、

「だからよ、なんか用かといってるだよ。てめえ、まだちんぽこに毛も生えていねえな」

女が大声でいった。みなが声を立てて笑った。乙吉は泣きそうな顔をお蓮に向けた。

「ちょうさんがいるって、新公にきいてきたんだよ。どこにいるか、教えとくれ」

お蓮が乙吉に代っていう。女たちの顔がいっせいにお蓮に向けられた。

「あんた、ちょうさんの何だい」

小肥りの女が反問する。

「何でもありゃしないよ。あたしは稲荷横丁の万年の女将だよ」

漁師の女房と話すと、ついお蓮もけんか腰になる。

「ああ、けんか茶屋かい。そんならいいや。ちょうさんは網元のところだ」

女は網干場のさきの広い間口の家を指さした。まだ乳房もふくらまない娘が、女にいいつけられて案内に立った。

広い土間の隅に、大小の魚籠《びく》や漁具がひとかたまりの山になっている。板戸をあけ放した板の間で、弥三郎は漁から揚った漁師たちを相手に、車座になって酒盛りをしてい

た。お蓮に気がつくと真っ赤な顔を向け、

「ありゃ、なぜここがわかった」

と意外そうに問う。

「なんでこんな所にいるんだと、こっちがききたいね」

「深川小町がきた。こっちへこい」

下帯もつけない素裸の漁師が手招きをする。

「年増《としま》をつかまえて小町はないだろう。馬鹿にする気かい」

お蓮は腹が立ってきた。心配しただけ損をした気になる。

「まあ、そうやってのんだくれているなら、それでいいわ。こっちにはかかわりはないね」

お蓮が背を向けて出て行くと、弥三郎が裸足で追いかけてきた。

「待て、待て。ちょいとばかり困ったことになっているんだ。新公のこともあり、ゆうべのこともあって、漁師たちが本所の中間と一戦かまえる気になってるんだ。なんとかおさめようと思っているんだが、手に負えそうもねえ」

弥三郎は酒臭い息を吐きかけながら話す。剣身づくりの女たちが、興味深そうに二人を見ている。

「ゆうべのことってなんだい。あたしゃ知らないよ」

「いまのところはたいしたことじゃないんだが、放っておくと大事《おおごと》になる。けんか茶屋の出る幕じゃねえのかい」

弥三郎はお蓮の気を引くようなことをいった。


万年の奥座敷の襖をとり外し、二十畳余の広間とし、床の間には深川の総鎮守《そうちんじゅ》富岡《とみおか》八幡宮の配神天照大神《はいしんあまてらすおおみかみ》の神名を書いた大きな軸と、同じく配神の武内宿禰《たけのうちのすくね》の絵姿を描いた小さな軸が掛けてある。三方を置き、素焼《すやき》の土器《かわらけ》に神酒《みき》を満たし、富岡八幡の別当永代寺からいただいた護符が置かれている。

上手《かみて》に本所の中間頭亀之助《ちゅうげんがしらかめのすけ》を筆頭に、円次郎、三代次、ほかに中間が二人並ぶ。そもそものけんかの原因をつくった中野五郎太と同僚は、武家は町方の者の仲裁をうけいれないという理由で姿を見せていない。

下手《しもて》は蛤町の網元助五郎《すけごろう》と町役人、新公の父親浅吉と漁師仲間、合わせて同数の五人が並ぶ。弥三郎も中野五郎太と同じ理由で出席していなかった。

本所側も深川側も裃《かみしも》と袴をつけている。袴に馴れず、正座も苦痛で、みなもじもじと腰を動かした。一の鳥居前でいざこざが起きてから十日、本所の中間と深川の漁師が大げんかをするという噂が立ったころに、石場の捨三が時の氏神の役を買って出て、仲直りをすることになった。表向きには、そういうことになっている。

　仲直りの条件は、あらかじめ決まっている。ちょうさんと中野五郎太の果たし合いについては武家の話だから不問。ことは蜆売りと中間のいざこざという小さな話になった。ほんらいは中間は新公には無関係なのだが、かたちの上では張本人にされた。中間のほうから新公に見舞金を出し、深川の漁師町の子が蜆を売り歩くのは、町ができて以来の約束事だと認め、詫びを入れることで話がまとまった。

　捨三が口上を述べ、雨降って地固まる、これからは兄弟のようにむつまじくお付き合いを願うと決まり文句をいう。土器の盃を亀之助と助五郎がとり、三々九度でのみ干すと、双方からみずからの非を詫びる短い言葉があり、捨三の音頭とりで三本締めで締める。あとは仲町から芸者を呼んで、宴会となる。その日は座敷だけで、店の茶漬の客はことわるのが万年の決まりだった。

　支払いは非のあるほうが全額もつのが定法《じょうほう》だが、こんどにかぎって、なんの非もない漁師側が半額もつことになった。これはあとに遺恨がのこらぬように中間側の顔を立てようという捨三の気づかいで、実際には捨三が漁師の分を負担したのである。

　座敷では三味線太鼓がにぎやかに、流行の伊勢音頭をはじめた。芸者と一緒に中間と漁師が区別なく踊り出した。

お蓮が帳場の長火鉢《ながひばち》の前に坐り、お芳のいれた茶を喫《の》んでいると、捨三がのぞいた。ちかごろ酒が弱くなって、あまり長くは宴席にいられない。

「お茶、どうぞ」

お蓮は長火鉢の前に座布団を敷いた。よいしょと声をかけて捨三が坐り、

「そろそろお流れだ。肩の荷が下りた」

とつぶやく。

お蓮が茶をすすめる。

「御苦労さまでござんした」

「中間頭の亀之助さん、話のわかる人でようござんしたね」

そう思うかね、と捨三はつぶやき、小声になった。

「ありゃくえねえ男だぜ。こんどのことだって、なにも中間頭が出てくる筋合いじゃねえんだ。どこからか話をききこんで、首を突っこんできた。あっちが中間のほうにいうことをきかしたから、こっちは手間がはぶけた、といえねえこともねえ。おそらく、これを種に本所の旗本のほうへ脅しをかけて銭にしようという魂胆だと、おれはにらんでいる」

「世の中には裏があるんだねえ」

「どっちが表で、どっちが裏だかわからねえのが世の中だ。それより、あれはどうした」

「なんです、小父さん。親指を立てることはないでしょう。あの人はなんでもありゃしませんよ」

「どっちでもいいんだ。こんどの一件は、あとから考えりゃ、ちょうさんが火種を吹いて、宴会をひとつ万年に持ってきたようなものじゃないか。災いの神だか、福の神だかわからねえな」

「福の神なんかであるものですか」

お蓮はまなじりを上げた。蛤町で漁師たちと酔っ払っていた姿を見られて以来、弥三郎は万年には寄りつかない。

アヒル長屋

一

日風呂《ひぶろ》と髪結《かみゆ》いは女の身だしなみ、と門前仲町ではいうらしい。遊女や芸者は座敷に出る前に湯を浴びるのが稼業《かぎょう》のようなものだが、堅気《かたぎ》商売の茶漬屋の女将《おかみ》には、毎日の髪結いはぜいたくに過ぎる。茶漬屋万年には近所には珍しい内風呂があり、お蓮は湯屋には行かない。

三日に一度、朝餉《あさげ》をすませて一息いれ、昼の客を入れるまでの間に、女髪結いのお久《く》米《め》が万年にやってくる。お蓮はお久米に髪を結わせながら、遊里の髪型や着物の柄の流行をきき、たあいのない噂話に耳を傾けるのが楽しみだった。

お久米はお蓮より三つ年上で、ことし三十になったが、色白の細面《ほそおもて》に髪を櫛巻《くしまき》にして、前垂《まえだれ》をつけて化粧道具の入った「びんだらい」という箱をかかえて歩くと、道行く人が振り返るほどで、芸者より色気があると評判だった。

「お蓮さんも櫛巻になさいよ。いつも同じ丸髷《まるまげ》で地味過ぎやしませんか。せっかく美人に生まれたんだから、少しばかり派手にしたほうが引き立つんですがね」

といつも口癖のようにすすめる。

「お久米さん、他人《ひと》があたしを陰でなんて呼んでいるか知っているでしょ。阿蘭陀《オランダ》金魚」

お久米は梳《くしけず》る手をとめ、噴き出した。笑いやむとごめんなさいと小声で詫びた。

「謝ることはないわ。生まれつき顔の道具立てが派手なんだから。祖父《じい》さんゆずりよ。この顔で櫛巻にしてごらんなさい。まるで羽子板の芸者絵だよ。地味でちょうどいいの」

「かまわなくても美人は美人。得だねえ」

「なんだか馬鹿にされているようだね」

鏡をのぞきこんで、お久米を見る。お久米はふと真顔になり、

「ちかごろお座敷で手なぐさみが流行《はや》っているんだけれど、きいてる」

と鏡の中のお蓮に問いかけた。

「手なぐさみってえと、博奕《ばくち》かい」

「大っぴらにお座敷で博奕なんかやったら、芸者とお客は手がうしろにまわって島流し、

茶屋は欠所追放になっちまう。博奕じゃないといえばそれで通りそうな、妙な遊びなんですよ」
「どんなの。カルタかい」
「サイコロ三つ使うんですよ。大目《だいめ》小目《しょうめ》っていうんですが、芸者衆なんか夢中になっ
て遊んでいるんだから」
「見たことがあるの」
「ちかごろは仲町《なか》に稼ぎに行くたびに見るわ。長襦袢《ながじゅばん》一枚で立膝ついて、頭から湯気を
立てて大だ小だといっている。あんな姿をお客さんが見たら、いっぺんに愛想をつかす
わ」
お久米は髪結いの手を休め、手近の盆に載っている空の茶碗を手にとると、サイコロ
を投げ入れる手真似をして見せた。三つのサイコロを茶碗に投げ入れ、二つのサイの目
が同じになると、残ったサイの目の大小で勝負をあらそう。三までが小目、四から六が
大目という。いたって単純な勝負だが、碗の中でサイコロがチンチロと鳴るのが景気が
よくて病みつきになるのだ、とお久米は説明した。
「お銭《あし》は賭けるのかい」
「あたしが見たときは、お銭のやりとりはしていませんね。どういうからくりなんだか、

賭けもしないであんなに夢中になるはずはないでしょう。あんまり熱くなって、よくないことがおこらなきゃいいんだけど」

お久米は道具を箱にしまいながら、形のよい細い眉をひそめた。

大目小目の話はその場かぎりでき流して、お蓮は忘れていた。


二日後のことだった。その晩は座敷の客は早く切り上げて帰り、店の小揚りに三人ばかり酔った客が残るだけで、板場は火を落として俎《まないた》を洗い、店じまいの準備をしていた時分《じぶん》だった。勝手口で、

「あけてくれ。頼む」

と押し殺したような声がする。女中のお芳は気味悪がって出て行かないので、下働きの治助が戸をあけた。月明かりに外をすかし見て、

「あれ、ひでえ血だ」

とうわずった声をあげた。お蓮と板前の清次郎がその声に驚き、様子を見に出た。

頰かむりの着流しの武士は、弥三郎だった。その腕に抱かれてぐったりした武士の蒼白な顔が月明かりに浮かび上がる。袴の腰のあたりに黒いしみのように見えるのが血だった。

「すまねえ。血どめをしなけりゃ、この人は危ねえ。勝手の三和土《たたき》の隅でも貸してくれ」

と弥三郎がいった。料理を出す店に血を流した怪我人をかつぎこむのは、ずいぶんとはた迷惑な話だが、弥三郎の口調には有無をいわせぬところがある。

「お芳、小揚りのお客さんに、もう看板ですとことわって帰ってもらいいな。それから、おさんにいって晒《さらし》を一本、それから……」

お蓮は焦《じ》れったくなって、小走りに座敷に行き、座布団を三枚かかえてきて三和土に置いた。清次郎が気をきかせて、板場の燭台《しょくだい》を持ってきて三和土を照らした。

「悪いな」

弥三郎は怪我人を抱きかかえ、三和土の座布団に寝かせた。脇差を抜いて怪我人の袴を切り裂き、燭台の明かりを頼りに、むき出しになった腿《もも》の傷口をあらためる。血があふれ出る。お蓮は顔をそむけた。

弥三郎は晒の端を噛んで裂いた。適当な長さに脇差で切り、腿の付け根をきつく縛る。膝の上も晒で縛り、さらに傷口に巻いた。切り傷の手当に馴れた素早い手の動きだった。

怪我人の頬を平手で大きな音がするほど叩き、

「しっかりしろ、傷は浅いぞ。血どめはした。目をあけろ」

と呼びかける。怪我人はうめき声をもらし、うすく目をあけた。

「わかるか。あんたはどこの誰だ。名はなんという」

という弥三郎の声をきいて、お蓮は思わず口を出した。

「ちょいと、見ず知らずの人なのかい」

「知らねえんだ。だから、いまきいているところだ」

怪我人はうめき声をもらし、苦しげに身をよじるが、まだ意識ははっきりとしないらしい。名を名乗ろうとしない。

「冗談じゃない」

弥三郎はお蓮が怒るのを気にもとめず、ただ怪我人を注視している。

「血はとめたが、あとは医者が頼りだ。医者を呼んでくれ」

と清次郎にいった。

「早く行って正庵《しょうあん》先生をつれてこい。寝ていたら、叩き起こしてこい」

清次郎が治助の肩を押して、医者を迎えにやらせた。

お蓮は上がりかまちに片膝をつき、三和土の怪我人をのぞきこんだ。年は若そうだった。着物地は木綿で見るからに古い。

「お腰の物はどうしたんですか。落としたのかい」

脇差もさしていないのが不思議だった。

「おいらがみつけたときは無腰《むごし》だったよ」

弥三郎は永代寺から堀をへだてた山本町の堀端で、暗がりの中でいいあらそっている男たちを見かけて、柳の陰にかくれて様子を見ていたといった。するとひとりがいきなり体当たりをして、ひとりがその場にしゃがみこんだ。そのとき匕首《あいくち》かなにかで刺されたのである。刺したほうは二人組で、すぐに逃げだした。

弥三郎はしゃがみこんだ男に近寄って、

「どうしたい」

と声をかけた。男はなにも答えず、ただ手を横に振って、かまわんでくれという意味の手ぶりをした。しゃがみこんだ男は立とうとして立つことができず、肘《ひじ》を突いて横倒しになった。抱き起こして肩を貸し、引きずってきたのだった。

「あら、いやだねえ、ちょうさん、お前さまの裾も血だらけじゃないか。そんな姿《なり》で上がっちゃ困る。着替えておくれよ」

お蓮はお芳に着替えの浴衣を持ってくるようにいいつけた。弥三郎に浴衣を着せてから、客が去って戸締りをした店につれて行き、行灯《あんどん》が照らす小揚りに坐らせる。

「もうのんでいるんだろう。あいにく肴《さかな》はなにもないよ」

残った酒を一升徳利に詰めて、茶碗と一緒に膳に置く。

「さっきのんだ酒は、怪我人のおかげで醒《さ》めちまった。ありがてえ」

弥三郎は冷や酒を手酌で茶碗にそそいだ。一息にあおると、お蓮に顔を寄せ、

「あの男は、気をうしなっちゃいねえよ。なにもしゃべりたくねえんだ。どうやら事情《わけ》ありらしい」

と小声でいった。

「そんなら、なおさら、迷惑な話だよ。やっかいなものを担ぎこんでくれたね」

「すまん。ほかに頼れる家がない」

「あれから音沙汰なしだから、ああそれだけの縁だった、さっぱりしたと喜んでいたのに」

蜆《しじみ》売りの新公の騒動のあと、弥三郎は顔を見せなかったのである。ひと月ぶりだった。

お蓮は茶碗をひったくるようにとり、黙って突き出して酌をさせた。

治助に案内されて町医者の河村《かわむら》正庵が駕籠《かご》でやってきた。お蓮は挨拶だけして帳場にひきこもり、弥三郎が療治《りょうじ》の場に立ちあう。正庵は頭を剃り上げた法体《ほったい》で、顔色に艶《つや》があって五十の実年齢よりもずっと若く見える。酒を腿に吹きかけて傷を洗うとき、怪我人が悲鳴をあげると遠慮なく頭を叩き、

「戦場で手傷を負ったからといって、泣きわめく武士がいるか、馬鹿。いまどき火消人足だってもっと我慢強いぞ」

と叱った。傷をあらため、針を火で焙《あぶ》って縫うと膏薬《こうやく》を塗って晒を傷口に巻く。療治が終ると、手桶の水で手を洗い、上がりかまちに坐る弥三郎を見上げた。

「血どめをほどこしたのは、お前さまですか」

「そうだ」

「手馴れていなさる。金瘡《きんそう》の手当の心得がおありですな」

「こう見えても剣術道場育ちだぜ。打ち身、挫《くじ》き、切り傷は家常茶飯《かじょうさはん》だよ。それより傷はどうだい」

「さいわい急所を外れ、骨も傷つけておらんようです。傷口に毒が入らぬように用心すれば、大事ないでしょう」

また明日様子を見にくるといいおいて、正庵は帰って行った。

怪我人を台所の三和土に寝かせておくわけにはいかない。弥三郎は怪我人を背負い、清次郎の手を借りて、台所の階段簞笥《だんす》を上がり二階に担ぎ上げた。

二

翌朝早く弥三郎が帳場をのぞいた。朝暗いうちに例によって井戸で水浴びをし、朝稽古をする物音を、お蓮は寝床の中できいていたが、おっくうで起きて行かなかったのである。弥三郎は、長火鉢の横に唐皮《からかわ》の財布を置いた。

「なんですか、それは」

「とってくれ。薬代と二人が世話になる礼金だ」

弥三郎は自分の鼻を指さし、つぎに二階を指さした。

「洒落《しゃれ》た財布だこと。ちょうさんのかい」

「そうだが」

「受けとれません。受けとれないね。薬代なら二階の人からいただけばいいじゃないか」

「ところが、あれは文なしだとよ」

お前さまはねえ……といいかけて、お蓮は弥三郎の顔をしげしげと見た。

「底ぬけのお人好しだねえ。どこの誰とも知らない人のために、命を助けたばかりか、財布まで投げ出す気かい」

「ゆうべは珍しく懐《ふところ》があったかかったんだ。ちょうどよかった」

「いやだ、いやだ。そういうまぬけな科白《せりふ》をきいていると奥歯が痛くなっちまう」

礼金をとれ、とらないと押し問答をして、弥三郎はその場に財布を置いたまま、足音も無く二階へ上がった。

お芳に朝の茶漬を二階に届けさせると、もどってきてから二階で呼んでいますと知らせた。お蓮は二階へ行った。入側《いりがわ》の障子があけ放され、怪我人の顔が見える。弥三郎は枕元に坐り、腕を組んでいた。お蓮の顔を見て、

「一言礼をいいたいそうだ」

といった。怪我人は身を起こそうとして片肘をついたが、傷口にひびいて顔をしかめる。

「あ、そのまま」

お蓮は手でおさえる真似をした。怪我人は真崎銑三郎《まさきせんざぶろう》と名乗り、名前の銑の字を指先で宙に書いた。北国の訛《なま》りがある。主家の名を出すのは御容赦願いたい、といった。世話になった、迷惑をかけたとしきりにいい、床の中で手を合わせる。

「お礼をいうなら、あっちでしょう」

お蓮は弥三郎のほうを見ずにいった。

「おいらはいいんだ。それより真崎さん、主家の名を出せば、家名に泥を塗ることになるという気持はわかった。だが、お前さん、どうやら定府《じょうふ》でなく参勤《さんきん》だな」

定府は江戸屋敷に常駐する武士で、代々江戸住まいである。真崎はうなずいた。

「その傷じゃ四、五日は動けめえ。参勤なら無断で屋敷にもどらなかったら、出奔《しゅっぽん》とみなされて重い咎《とが》めがあるんじゃねえのかい。お前さんひとりの罪じゃすまねえ。悪くすると親兄弟にも累《るい》がおよびかねねえよ」

参勤交代で行列に加わって江戸にきた武士が、出奔して姿をくらます例《ためし》がないわけではない。大名の江戸屋敷では家臣の不祥事には神経をつかっている。藩法により軽重はあるが、死罪とまではならないにしても、出奔に重い咎めがあるのはまちがいない。

真崎は黙って顔を伏せた。男にしては色が白く睫毛《まつげ》が長い。二十歳《はたち》前と見えてまだ少年の面影が残る。お蓮は真崎がかわいそうに思えてきた。

「まあ、そんなひどい目にあうのかい。ちょうさん、なんとかならないの」

「急病で死にかけた、とかなんとか、届けを出して弁解すりゃいいんだが、主家の名前を出さねえんじゃ助けてやりようがねえ。このまま親兄弟親戚と縁を切って、浪人しちまうか」

弥三郎は突き放したいいかたをする。

「真崎さま、仮病《けびょう》にしなさいな。お家の名をちょうさんに教えたほうがいいよ。悪いようにはしないから」

真崎はしばらく思い悩む風《ふう》だった。ようやく思いきって、田沢上総介《たざわかずさのすけ》と主家の名をいった。北国の山の中に領地がある三万石の小さな大名で、本所の柳原《やなぎはら》に下屋敷がある。

「田沢どのかい。わかった。ちょっと待て」

弥三郎は階下《した》に下りて行き、お芳に筆と硯《すずり》を借りた。半紙を二、三枚無駄にしてから届けを書き上げると、墨痕《ぼっこん》が濡れている半紙をひらひらさせながら、二階に上がる。あとから筆と硯を持って、お芳がついてきた。

所用のついでに深川富岡八幡宮に拝殿のおり、にわかに発病して人事不省となった。土地の者の助けで町医河村正庵なるものの施療をうけ一命をとりとめた。療治にはなお数日を要するとまことしやかに書かれている。のぞきこんだお蓮が、

「よくまあこんな出まかせを思いつくこと」

と感心した。

「これでいいかい。よければ名前を書け」

弥三郎は筆を真崎に持たせた。真崎が署名をすると、弥三郎は組頭と道中奉行の名を

ききだし、届けを封書にして、

「ちょっと行ってくる」

真崎にいって出かけた。

名を告げ主家も明らかにしてから、真崎は口が軽くなり、お蓮を相手に怪我をしたいきさつを語り出した。

主君の上総介は間もなく参勤交代で国表《くにおもて》に帰ることになっている。真崎も江戸の勤めを終えて帰郷するまでの日数を待ちどおしくかぞえていたが、同い年の同僚から、江戸勤番の思い出に、一度くらい遊んで行こうと誘われた。江戸へきてから、本所の屋敷から出たことがなかった。組頭に願い出て一泊の許可を得て、同僚と二人で深川に遊びにきたのだという。

吉原は敷居が高いが、深川の岡場所ならば手ごろな店があるときいていた。深川の岡場所七場所のうち随一のにぎわいは門前仲町だが、堀向こうの山本町に子供屋と呼ぶ店があり、そこならばあまり人目につかずに遊べると同僚がいう。下屋敷の門番と気やすく話すようになり、門番から教えられたのだといった。同僚に手を引かれるようにして、山本町につれて行かれた。子供屋といっても、こどもがいるわけではない。遊女をそう呼ぶのである。

真崎がつれて行かれた子供屋は、一階が居酒屋で二階に小部屋がいくつもあり、船頭と漁師の客が多い騒がしい店だった。一階で少しのみ、同僚とべつべつに二階につれて行かれた。小部屋で待っていたが、遊女はあらわれず、大年増のやり手が盆に銚子を立てて運んできて、遊女がくるまでの暇つぶしに大目小目という遊びをしようと誘った。

「お前さま、そんな口車に乗っちまったのかい」

お蓮は話をきいてあきれた。真崎は面目なさそうにうつむく。それでどうしたのと水を向けると、いいにくそうにつづけた。

「酔いもまわり、つい夢中になって、遊女が座敷にきたときには、負けがこんでいた。大夫《たゆう》の手前もござろうから、きれいに払えとやり手が責めるのだ」

「子供屋の女郎が大夫もないものだよ。お前さま、いっちゃ悪いが、お上《のぼ》りさんだと足元を見られて鴨《かも》にされたんだ」

やり手が博奕の借金の質《かた》に腰の物を預かるといい出し、口論になった。遊女は逃げ出し、店で大声を出されては迷惑をすると人相の悪い男がきて外に出された。外でいい争っていると、いきなり背後から男が飛びかかり、匕首で刺されたのである。

「不覚をとった。みっともなくて、屋敷には帰れぬ」

話しているうちに情けなくなったと見えて、真崎は蒲団を引き上げて顔をかくし、拳をかためてみずからの頭を叩いた。お蓮の目にはこどもじみた仕草に見えた。

医師の正庵が往診にきて帰ったすぐあとに、行きちがいに弥三郎が本所柳原の田沢家の下屋敷からもどってきた。弥三郎は帳場の長火鉢の前に坐るお蓮におうっと声をかけて会釈をすると、すぐに二階に上がって行った。弥三郎のよく響く声がお蓮の耳に届いた。

「組頭に病気の届けを出してきた」

「ありがとうございます」

「届けにはちょっと大袈裟《おおげさ》に大病のように書いておいたが、組頭はあっさりしたものだよ。さようでござるか、大事にしろとことづけてくだされ、とさ。お前さん、御家中じゃものの数に入ってねえということだ。届けが出りゃそれでいいのさ」

弥三郎は組頭の応対に木で鼻をくくるような役人気質《かたぎ》を感じて、おもしろくないらしい。真崎の言葉は声が小さくてききとれなかった。

「刀を質にとられたという話だが、それがなきゃ本所の屋敷にもどれめえ。とり返してきてやる。刀に銘はあるのか」

「ありますが、自慢になるような刀ではありません。田舎鍛冶《いなかかじ》の鍛えた新刀で、羽州《うしゅう》清平《きよひら》の銘があります」

「きいたことのねえ刀鍛冶だが、そのほうがかえっていい目印にならあ。脇差、小柄《こづか》も同じ鍛冶の作かい」

「はい」

寸法は、拵《こしら》えは、鞘《さや》は、と弥三郎はこまかく真崎の刀の特徴をきき出した。

「刀なんてものは、町人が蔵にしまっておいたって一文の得にもならねえ。刀屋に売るか質に入れるか、どっちにしても世の中に出てくるものだ。心当たりがある。おいらにまかせておけ」

「大恩は忘却つかまつりませぬ」

真崎はあらたまった口調で、大時代のものいいをした。

弥三郎は真崎が組頭に咎められずにすみそうだと安心させて、階下に下りてきた。お蓮は帳場に呼び入れ、長火鉢に用意した錫《すず》のチロリで酒をあたためる。

「ありがてえ」

弥三郎は揉み手をしながら、長火鉢の前にあぐらをかいた。

「きこえましたよ」

お蓮は二階を指さす。

「主持《しゅも》ち稼業はとかくめんどうだ。まかりまちがえば、これだから」

弥三郎は拳を腹に当て切腹の真似をして見せる。

「おお、いやだ」

お蓮はチロリの燗の具合を見てから、茶碗に酒を注いだ。弥三郎が本所へ行っている間に、真崎からきいた山本町で難に遭《あ》ったいきさつを話した。

「サイコロをつかう手なぐさみで、鴨にされたんだって」

「子供屋の小博奕かい。世の中、だんだん悪くなるな。それにしても武士の魂を質にとるとはきき捨てならねえ。ちょっと様子を見てくるか」

「つまらないことに首をつっこむことはありませんよ。ちょうさん、お前さまはよほど暇だね」

弥三郎はチロリであたためた酒を茶碗でのんだが、心ここにあらずといった様子で、しだいに腰が落ちつかなくなり、

「やっぱり山本町に行ってくらあ」

といって出て行った。押し問答の種となった財布は、お蓮の頭のうしろの神棚に置いたままである。

翌日、女髪結いのお久米がやってくるのを待ちかねて、お蓮は山本町のちかごろの様

子をたずねた。お久米はお蓮の洗い髪を梳《くしけず》りながら、山本町ねとつぶやき、小首をかしげる。

「堀向こうのほうまではあたしは稼ぎに行かないから、よくはわからないんだよ。ちかごろ物騒《ぶっそう》になったという噂はきいたわ。昔から茶屋に酌取女《しゃくとり》を抱えて、二階で遊ばせるというんでしょ。そういう酌取女をアヒルと呼ぶんだって」

「どうしてアヒルというんだろう」

「さあ、ガアガアうるさいからじゃないの。そういえば、酒も料理も出さないで、それ一本槍の家もあるそうよ。アヒル長屋というんだって」

「ぞっとしないね。そういう家では、小博奕をやるのかい。このあいだお久米さんが話していた大目小目みたような」

「さあ」

お久米は山本町のことはくわしくない。お蓮の髪を結い終えてから、箱の中から白く塗った蛤の貝殻をとりだし、蓋《ふた》をあけて見せた。

「ちかごろ売り出しの紅《べに》。日本橋芳町《よしちょう》の紅屋で売っているんだって。こう見ると同じ紅だけど、唇《くち》につけるとちょっと色あいがちがうんだよ」

指に塗り、お蓮の唇につけた。鏡を見るといつもより顔がはなやかに見えるような気がする。お久米にすすめられるままに、その紅を買わされた。お久米は時おり、白粉《おしろい》や油やらをこれが流行《はやり》だといって売りつけるが、それもつきあいだとお蓮は思っている。

お久米が帰ったあとで、お蓮は番茶をいれて二階に持って行った。盆を真崎の枕元に置き、

「どうです。傷の具合は」

と問いかける。真崎は肘をついて身を起こし、だいぶいいようだといった。

「熱が出なければいいと正庵先生がいっていましたよ。ごめんなさい」

と真崎の額に手をやる。少し熱が高かった。

「話を蒸し返すようですが、お前さまがひどい目にあった山本町の家は、アヒル長屋とはいいませんでしたか」

「そういえば、アヒルというのをきいた。なんのことやら、わからなかったが」

「やっぱりね。そこは魔窟《まくつ》ですよ。お侍さまが足を向ける場所じゃありません」

姉が弟を叱る口調になる。真崎はうなだれて黙りこんだ。

三

真崎銑三郎が姿を消した。傷を負って弥三郎に担ぎこまれてから四日目だった。

昼から客がたてこみ、店の小揚りも奥の座敷もいっぱいだった。二階で寝ている真崎を誰も気にせず、いつ出て行ったのか気がついた者はいない。客足が引いて、店の中がしずかになってから、茶を運んで行った女中のお芳が、

「お侍さんがいない」

と騒ぎ出したのだった。裏庭の井戸のまわりで、板前の清次郎と見習の乙吉が一服つけて休息していた。お蓮は清次郎を呼んだ。

「清さん、仲間に声をかけて、ちょうさんを探してきておくれよ。二階のお侍は、もとはといえばあの人が勝手に担ぎこんだんだもの、ちょうさんのせいだよ」

「探せといっても、お嬢、あんな風来坊《ふうらいぼう》の行きさきを尋《たず》ねるのは、なみ大抵《たいてい》のことじゃありませんよ」

清次郎は石場《いしば》の捨三にならってお蓮をお嬢と呼ぶ。煙管《キセル》を煙草入にしまい、腰を上げたがどこへ行くか当てはない。

「こないだみつけた人がいたじゃないか。清さんの友達だろう」

「ああ、与吉《よきち》か」

清次郎は口の中でお蓮にはききとれないように、その与吉をみつけるのだって、やさしいことじゃねえんだ、とつぶやいた。

「傷口がひらくとたいへんだから、しばらくはしずかに養生しろと正庵先生にいわれているんだよ。またどこかで倒れでもしたらめんどうじゃないか」

「お嬢、言葉を返すようですまねえが、あてにならねえ風来坊を探すよりは、真崎さまをみつけるほうが早えんじゃないかい。どうせ山本町界隈だろう」

「ご難に遭ったのは、山本町のアヒル長屋だといっていたよ」

「それはめんどうだ」

アヒル長屋ときいて、清次郎はひるんだ。

「髪結いのお久米さんもちかごろ物騒だといっていたけれど、そんなに危いところかい」

「おれも足を向けたことはねえんで」

「それじゃ、清さんを行かせるわけにはいかないねえ」

板前の清次郎にもしものことがあったら、万年は立ちゆかない。

お蓮が気を揉んで清次郎とそんなやりとりをしているところへ、弥三郎が涼しい顔で帰ってきた。大小の刀を唐草模様の風呂敷で包み、小脇にかかえている。

「こんなときに、どこに行っていたんですか」

お蓮はわれ知らず突っかかる口調になった。

「真崎さんの刀をとりもどしてきたのさ。なかなか探せなかったのも道理だ。両国橋のそばの質屋に置いてあった」

「かんじんの真崎さまが、どこかへ行っちまったんですよ」

「なに」

弥三郎は目をみひらいた。口をひらいたが言葉が出てこない。

「山本町のアヒル長屋じゃないかって、いま清さんと話していたところなんですよ。刀をとりもどしに行ったんじゃないかね」

お蓮がいう。

「おいらにまかせとけばいいんだ。あわて者が……」

弥三郎はその場にいない真崎を叱りつけると、小脇にかかえていた風呂敷包みを、清次郎に持たせて、出て行こうとする。

「どこへ行くんですか。いまきたと思えば、もう出て行く。せわしないねえ」

「お侍の手にゃ負えませんよ。石場の小父さんに助けてもらうから」

というお蓮の言葉を半分もきかずに、弥三郎は歩き出した。

「なんとか長屋だ」

幅三間ほどの堀にへだてられただけだが、門前仲町の人々は、堀向こうと別世界のように呼んでいる。さらにアヒル長屋は深川七場所と称せられる岡場所の数にも入らない私娼窟《ししょうくつ》のようなものとみなされていた。

弥三郎は山本町の入口の酒屋をのぞいた。縄暖簾《なわのれん》を分けて入ると、土間に空樽《あきだる》が四つ五つ無雑作に置かれている。三和土《たたき》に酒樽が置かれ小僧が坐っている。一合の桝《ます》に一杯でいくらと決まった立ちのみの酒屋だった。一合をひっかけてさっと出て行く客がほとんどで、空樽に腰を据《す》える客は少ない。

弥三郎は一合の酒を買い、一気にのみ干してから、もう一杯と桝を突き出す。

「小僧、アヒル長屋はどこか知らねえか」

「知らねえよ。きく相手をまちがえてんじゃねえのか」
十二、三の小僧が、いっぱしの口をきく。
「ちげえねえ」

と居あわせた中年の客が笑った。お侍さん、と弥三郎に声をかけ、

「真っ昼間からもの好きなことだねえ。いま行っても、店はあいてねえよ」

と口をはさんだ。

「ちょっと迷い子を探しに行くんだ」

「アヒルに用はないってか」

客は戸口まで出て、弥三郎に目印の稲荷の鳥居の場所を教えた。

「ありがとうよ」

弥三郎は小銭を小僧に手わたすと、口をつけていない二杯目の桝を客にあたえて店を出た。柳の枝が揺れる堀に近づく。片側は小さな店が庇《ひさし》をつらねている。真崎を助けたのは、このあたりだった。夜と昼ではまったく風景がちがって見える。

低い赤鳥居がならんだ奥に小さな祠《ほこら》がある。脇の路地に、間口《まぐち》の狭い店がならぶ。人がすれちがうのもやっとという狭い路地を通りぬけると、背後が大名屋敷の高い築地塀で、木戸と板塀に囲われた長屋があった。長屋は新しい普請《ふしん》で、構えも大きい。

木戸はかたちばかりで通りぬけは勝手と見える。吉原の大門《おおもん》を真似ているらしい。木戸を入ってすぐの見世格子《みせごうし》のある引手《ひきて》茶屋らしい店の前で、

「頼む。誰かいねえか」

と大声をあげた。店の奥で人声がする。どうやら博奕をしているらしい気配だった。若い見世番が格子の間からのぞいた。眉に傷があり、目がすわっている。

「人を探しているが……」

と弥三郎はいいかけて、見世番の顔をじっと見た。見世番も頰かむりの弥三郎の顔を探るように見て、

「あ、手前は」

と声を放った。たがいに見覚えがある。

「話が早えや。こないだ手前らと揉めていた侍を探しているんだ。ここへきただろう」

「知らねえ」

見世番の顔がかくれたかと思うと、すぐに四人の仲間をひきつれて表に出てきた。みな懐に右手を入れ、匕首をのんでいるぞと脅しをかける。

向こう傷の見世番の顔を弥三郎は指さした。

「両国の質屋に刀を質入れしたのは手前だな。顔にそんな目立つ看板を下げていりゃ、すぐにわかるんだ」

弥三郎は質屋で刀をみつけると、それは盗品だ、持ち主が訴え出りゃ、質屋の看板を下さなきゃならなくなるぞと脅して刀をとり返し、持ちこんだ男の人相をきいておいた

のである。

「うるせえ。四の五のいうな」

見世番は凄《すご》んだ。仲間に顎《あご》で合図をして、四方から弥三郎を囲む。弥三郎が見世番に飛ぶような勢いで駈け寄った。匕首を抜いた右手首をつかんでねじり上げると同時に、近くにいた仲間の股間を蹴り上げる。仲間は股間をおさえて顔から倒れこみ苦悶する。弥三郎はねじりとった匕首の刃を見世番の首にあてた。刃が滑り、血が流れ出る。

「動くな。今度は深くざっくりと斬るぞ」

見世番は動けなくなった。

「侍はどこだ」

「知らねえよ」

ほかの仲間たちは懐の匕首を握りしめたまま、なす術《すべ》もなく立ちすくむ。

「旦那。およしなせい」

と呼びかける声がした。見ると木戸の外に男が立って手招きをしている。見知らぬ顔だった。弥三郎は見世番の首すじに匕首を当てたまま、襟をつかんで引きずった。木戸に近寄り、

「お前は、なんだ」

と男に声をかける。

「真崎さまは無事ですよ。そんなごろつきを相手にすることはありません」

と男がいった。

弥三郎は見世番を突き放し、匕首を遠くへ放り投げた。男たちは気圧《けお》されて、追おうとはしなかった。

声をかけた男は太平《たへい》と名乗り、石場の捨三の家に出入りする者だといった。年のころは二十四、五。石場の人足が稼業だというが、肩や胸の筋肉が盛り上がり、いかにも剛力らしかった。太平は弥三郎を門前仲町の藤よしという川魚料理屋につれて行った。

二階座敷の窓の障子をあけ放ち、手摺《てすり》ごしに富岡八幡の鳥居を見せている。床の間を背にした上座に捨三が坐っていたが、弥三郎が座敷に上がるのを見て、席をゆずった。襖が少しあき、隣座敷に脇息《きょうそく》にもたれて真崎が休んでいた。真崎は頭に晒を巻いている。太平が手を貸して、真崎を座敷に移し、弥三郎の隣に坐らせた。

「お前さん、またやられたか」

弥三郎は真崎の頭の晒に目をやった。

「アヒル長屋の前でけんかをしていなすったんだそうで。それをこの太平の友達がみつけて、中に入ったというわけでして。なあ、太平」

と捨三が太平にあとの言葉をうながした。

「ひとりと四人、卑怯だというんでとめに入ったとか。稲荷横丁の万年の名をお出しになったから、捨三さんを呼んだそうです」

太平の友達というのは、門前仲町の見世番をつとめる若い者で、俗に妓夫《ぎゅう》と呼ばれる。アヒル長屋の見世番と悶着《もんちゃく》を起こして、あとの話がこじれるとめんどうなことになるが、殴られ放しの真崎を見て黙っていられなくなったらしい。

「ひとりで乗りこむなんて無茶な話だ」

弥三郎は真崎を見た。

「どうしても刀をとりもどさなければと思いまして」

「だから、それはおいらに任せろといったはずだ」

弥三郎は両国の質屋から刀をとりもどしたことを話した。真崎は愁眉《しゅうび》をひらいた顔になり、両膝に手をついて礼をいった。

「お嬢からきいた通りだ。ちょうさんという人は、人が好いんだか、なみ外れたお節介焼きなんだか、わからねえ。だが、今日び、みな人が困っても見て見ねえふりをする御《ご》時世《じせい》に、珍しいお人だよ。気に入ったねえ」

捨三は手を拍《う》って女中を呼び、酒を持ってこいといいつけた。藤よしの名物は大皿か

らはみ出す大きな鰻の白焼きである。捨三は弥三郎に酒をすすめながら、

「アヒルというのは、もともと土橋《どばし》のかくれ遊女《ばいた》をそう呼んだんだが、土橋が廃《すた》れてから山本町に移ってきたんですよ。しかしあのアヒル長屋というのは、評判が悪い。長《ちょう》兵衛《べえ》という博奕うちくずれが差配《さはい》だというんだが、長兵衛は木偶《でく》で、うしろで操っているのがいるらしい。仲町のほうにまでちょっかいを出してきたら、こりゃ血を見ずにはおさまるめえ。あたしはそう見ているんですよ」

　と事情を語った。

「女郎をアヒルとは、妙な呼びかたをするもんだね」

弥三郎は盃をなめながら、興味深そうな顔をする。捨三は得意気に鼻をうごめかせ、

「岡場所では二百文のことをガアと符帳でいうんですよ。かくれ遊女はいたって安直で、四百文あれば泊りで遊べる。ガアガアの四百文でアヒルの鳴き声というわけで」

　とうんちくを傾けた。真崎はそのような悪所に足を踏み入れたことを恥じたか、黙りこんでいる。捨三はすっかり上機嫌になった。

「ちょいと前の流行り唄《うた》に、こんなのがあったっけ。ちょいと布屋《きれや》さん、そんな高いこというものじゃないよ、深川じゃ裏と表と裾《すそ》で一分二朱《いちぶにしゅ》。ってね。女郎と一晩遊んで一分二朱だが、それでも安いてえんです。それにくらべてアヒルの四百文は安い。安いが、

それだけのものだ。ちょうさん、お前さまは門前仲町に入りびたりだそうだが、やっぱり吉原より、深川の羽織芸者が贔屓《ひいき》ですかい」

深川の芸者は羽織を着るので、その異名がある。弥三郎は手を横に振った。

「おいらはいたって無粋《ぶすい》で色には縁がねえ。もっぱらこれだ」

猪口をつまむ手つきをして見せる。

「深川の酒はうまいかい」

「うまいねえ」

捨三はすっかり喜び、じゃあのみ明かそうといい、弥三郎に酒をすすめた。

弥三郎は太平に、稲荷横丁に行って真崎の刀を持ってきてくれと頼んだ。真崎は傷の用心をして盃は手にせず、捨三と弥三郎が盃のやりとりをする間、隣座敷にひきこもった。やがて太平が風呂敷に包んだ大小の刀を持ってきた。真崎は鞘を払って刀身をあらため、大小ともにまちがいないと確信すると懐紙を口から外してほっとため息をついた。

弥三郎は藤よしに駕籠を呼び、本所の屋敷まで送らせた。

日が暮れてから捨三は太平をつれて万年に茶漬を食べにきた。日が高いうちから弥三郎と酒を酌みかわしたせいで、万年の座敷に上がったときには、呂律《ろれつ》が怪しくなるほど酔っていた。

「アヒル長屋の見世番は、けんか馴れして、一人や二人あの世に送ったことがありそうな連中ですぜ。それをひとりで、それも素手《すで》であっという間にやっつけちまった。おいらはそばで見ていたが、どこをどうやったんだか、目にもとまらねえ。ありゃ人間じゃねえ。天狗ですよ」

太平は弥三郎の活躍を語るうちに興奮して唾を飛ばした。

「へえ。天狗かねえ。その天狗さまは、いったいどこへ飛んで行っちまったんだい」

お蓮がおもしろくなさそうにいう。

「さあ、どこだか。駕籠がきたら、一緒に出て行っちまいましたよ」

「ちょうさんはいい男だ。気に入ったよ。侍にしておくのは惜しい。お嬢、世帯を持たねえか。後押ししてやるよ」

捨三は酔いに乗じてお蓮をからかう。

「なにをいってるんだい」

お蓮はふくれて座敷から出て行った。

四

女髪結いのお久米は前垂を膝の下に敷きこんで坐るなり、ちょいとと手で打つ仕草をした。

「たいへん、たいへん。仲町の中野屋でゆうべ心中があったというんで、大騒動。見物に行ったらどうです」

中野屋は門前仲町の内でも小さな子供屋で十人ばかり抱えているという。お糸《いと》という年も若くきりょうよしで人気があった遊女が客に喉を切られた。客もみずから首を切って死んだ。それが明けがたのことだという。

「見物だなんて、そんなことというと祟《たた》りがあるよ」

お蓮は尻ごみしたが、お久米にしつこく誘われて、とうとうその気になった。女中のお芳をつれて三人で永代寺に行くと、門の外の町はふだんよりも人出が多い。茶屋、料理屋、子供屋が集まった一画に、見世番の若い者たちが十人ばかり出て、野次馬が入りこまないように大手を広げて道をふさいでいた。

「なんだい、通してくれよ。おれは巴《ともえ》屋に用があるんだ」

とべつの子供屋の名をいって通り抜けようとする者があると思えば、

「どきやがれ」

有無をいわさず腕ずくで通ろうとする者もいる。腕力自慢の見世番に押し返され、妓夫《ぎゅう》野郎と悪態をつく。ぎうの音をとって牛である。

「あれ、ちょうさんだ」

お芳が声を出した。どれ、とお蓮は背伸びをしてお芳が指さす先を見る。人垣の向こうに弥三郎の顔が見えた。うしろから圧《お》されて人垣が動くと弥三郎の顔がかくれる。

「あいかわらず暇人《ひまじん》だねえ。お芳、呼んでおいで」

お蓮にいいつけられて、お芳は人垣のうしろにまわる。しばらくして帰ってきて、はぐれたと小声でいった。お蓮も爪先立って目で探したが、弥三郎は見当たらない。

「野郎、いやがった」

怒鳴り声がきこえた。黒い股引を尻はしょりした広袖の着物の下に見せ、下駄を履いて「びんだらい」と呼ぶ化粧箱を提《さ》げた、一目で廻《まわ》り髪結いと見える若い男が、人垣の中に逃げこもうとする。三人の見世番が追いつき、髷をつかんでひきずり倒した。

「あれ、なにするんだい」

髪結いが、芝居の女形《おやま》のような悲鳴をあげる。箱の小抽出《こひきだ》しが抜けて、髪結い道具が散乱した。

「きやがれ」

見世番が髪結いを蹴り、突き飛ばしながら、茶屋のほうへつれて行った。

「あれは、甚作《じんさく》じゃないか」

とお久米がつぶやいた。

「知りあいかい」

お蓮が訊ねると、お久米は首を横に振り、

「ちかごろ門前仲町に入りこんだ甚作という廻り髪結いですよ。月に一分の約束で毎日廻ってくるらしくて、安いのと女形の誰かに似ているってんで、子供屋のお女郎には人気があるんだって。あたしらのように地道に稼いでいる女髪結いにいわせたら、商売敵《がたき》ですよ」

顔をしかめる。

「その廻り髪結いをなんだって見世番の若い衆が、目の色変えて追っかけるんだろうね」

「さあ、なんででしょうね」

お久米にも事情はわからなかった。見世番たちは甚作を捕えると、二、三人を残して子供屋のほうへもどって行った。目的は通行どめではなく甚作を探すためだったらしい。

お久米とはその場でわかれ、お蓮とお芳は稲荷横丁にもどった。そんな騒動があった日は、事情を知りたいという気持ちが働くせいか、万年の客が増える。昼から小揚りは一杯で、知らぬ同士の客に相席を頼みこむほどだった。

夕方、下働きのおさんまで店にかり出しててんてこ舞いのさい中に、石場の捨三の使いで太平がやってきて、勝手口をのぞいた。

「ちょうさんの旦那はいますか」

「いないよ」

お蓮はつっけんどんに答える。

「石場の隠居が探していなさるんだが」

「うちの居候じゃないんだから、そんなことをきかれても困るよ」

「そうですかい」

太平は気分を害してひき返そうとしたが、思い直して、

「髪結いの甚作てえのが、子供屋に大目小目を流行らせた張本人で、やり手婆に袖の下まで配っていたそうで。アヒル長屋と仲町《なか》の子供屋の大げんかになりそうだ。ちょうさんの旦那をみつけたら、そういっといてくんな」

それだけいって、勝手口から顔をひっこめた。

遊所の揉めごとは遊所で解決して、町奉行所の世話にはならないのが定めである。中野屋の遊女と客の心中は、客の身寄りのほうでも不名誉な話だから、大事《おおごと》にしないように、内々に処理された。客は日本橋通町《とおりちょう》の商家の手代《てだい》で、店の金を使いこんでいたという。その店から中野屋に大金が見舞金として支払われたという噂が広がった。中野屋は焼けぶとりならぬ心中ぶとりだと口さがない連中がいった。

中野屋の心中騒ぎは一日で解決したが、その晩、山本町のアヒル長屋の入口にある稲荷の赤鳥居に、廻り髪結いの甚作が縛りつけられているのを客がみつけた。甚作は利き腕の右手の親指と人さし指の骨を砕かれて、もう商売ができない身体にされていたのである。

甚作が折檻《せっかん》を受けた理由にアヒル長屋の差配の長兵衛は心当たりがあるらしい。甚作はアヒル長屋の見世番たちに殴られ、二度と深川に足を踏み入れると命はないと脅され、どこかへ逃げて行った。本所界隈のあぶれ者を十人ばかり集めて、長兵衛はけんか仕度をはじめた。

門前仲町のほうでも、アヒル長屋がけんか仕度をしていることをきき知って、命知らずのあらくれ者に声をかけはじめた。子供屋や茶屋のにぎわいはいつもと変らないが、店を冷やかして歩く遊客の中に、殺気だった目つきの男が混っている。

　万年の客足がそろそろ引いた夜ふけに、弥三郎が石場の人足の太平と一緒に顔を出した。あいかわらず弥三郎は酔っていて、へらへらと顔を笑い崩していた。

「やっとみつけたね」

　お蓮は客が帰ったばかりの小揚りに二人を坐らせ、のみ直しの酒を持ってくるように女中のお芳にいいつけた。

「どこにいたのさ」

　と太平に訊ねる。

「上総屋でさあ」

「また蕎麦屋の二階かい。忠臣蔵にしちゃ季節はずれじゃないか」

　弥三郎は話には加わらず、膳に載った猪口を催促がましく指のさきで弄《もてあそ》んだ。歩きながら話して、途中になっていたらしい話を、太平はつづける。

「髪結いの甚作が中野屋の見世番に責められて、女郎に大目小目という小博奕を流行らせたことを白状したんで。元締めはアヒル長屋の差配らしい。女郎にモグリで賭け金を貸したりしたのは借金で縛って足抜けさせようって魂胆だそうで。心中した客も、女郎とのたてひきじゃなくて、女郎の口車に乗って山本町の賭場に入りびたり、店の金を使いこんだあげく、にっちもさっちも行かなくなったていう話ですぜ」

弥三郎はきいているのかいないのか、お芳が持ってきた徳利をかかえて揺すり、残った酒をはかっている。

「そんな裏があったの。金が恨みの無理心中とは、やる瀬ない話だねえ」

お蓮のほうが熱心に耳を傾けた。

「大目小目が流行るのは中野屋だけじゃねえが、甚作がお銭をまいて手を突っこんだのは中野屋だけだ。しまいにゃアヒル長屋の長兵衛は中野屋を乗っとるつもりだと。それも甚作が白状したそうです」

「それで大げんかは、どうなるんだ」

弥三郎はようやく口をはさんだ。

「そんなことがあっちゃたいへんだ。けんかを仕掛けて得をするのはアヒル長屋で、門前仲町は迷惑するばかりだ。そうでしょう。アヒル長屋はお上《かみ》にとり潰されたって、もとはといえばかくし売女の巣だもの、かかえた女郎たちに筵《むしろ》を持たせて、辻君《つじぎみ》に出せばもともとだ。中野屋はそうはいかねえ」

「話をきいていると、中野屋さんに勝ち目はないねえ」

お蓮は同情した。

「色里にけんかは似合わねえ」

弥三郎はいきなり腰を上げた。徳利の酒はもうのみ干している。懐からとり出したのは職人が持ちそうな縞の財布だった。酒代を置こうとするのをお蓮はとめて、

「お前さまの財布は神棚に置いたままですよ。そんな財布をわざわざ持つことはないじゃないか」

といった。

「一度出したものは引っこめられねえ」

弥三郎は意地を張り、どこへ行くとも告げずに、太平を残して万年から出て行く。

「待ってくんな」

太平はあわててあとを追った。捨三から、

「ちょうさんをみつけたら、放すんじゃねえぞ。小判鮫みていにくらいついていろ」

と厳命されていたのである。

五

弥三郎が足を向けたのは山本町だった。提灯《ちょうちん》を提げた太平があとからついてくる。

弥三郎は夜目がきき、乏しい月明かりでも歩くのに不自由をしない。先日アヒル長屋の場所を尋ねた居酒屋の明かりがまだともっていた。弥三郎は太平を振り返り、

「賭場はどこだかきいてこい。お前にになら、教えるだろう」

といった。

「きのうの今日だ。賭場は危ねえよ。よしましょう」

太平は尻ごみする。

「つべこべいわずに、行ってこい」

弥三郎の怖い顔が提灯の明かりに照らされた。太平は居酒屋に入ったと思うと、すぐに出てきた。

「わけはねえ。アヒル長屋の木戸の近くに、仕舞屋《しもたや》があるそうで。もとは飴屋《あめ》だというんだが、そこです」

弥三郎は赤鳥居の前まで行くと、懐中に手を入れて財布の重さをはかった。

「太平、お前はやるか」

壺を持ち上げる手つきをする。太平がうなずくと弥三郎は財布をとり出して預けた。

木戸の奥のアヒル長屋はどの家も灯を落としていず、窓格子に並んだ遊女の白い顔が見える。客は少ないと見え、お茶を挽《ひ》いた遊女が木戸の外の人影をみつけて、口をすぼめて鼠が鳴くような音を立てて呼ぶ。

弥三郎にうながされて太平は仕舞屋の戸を叩いた。戸がわずかにあき、明かりがもれる。のぞいた男に、

「遊ばせてくんな。おれは石場の者だ」

太平が声をかけた。あいた戸の隙間から滑りこむように太平が入る。頬かむりをした弥三郎があとから入った。

奥の座敷に盆茣座《ぼんござ》が敷かれ、十人に余る客が囲んでいた。太平は神棚の下に坐る貸元から札を買い、客の間に割りこむ。弥三郎は賭けには加わらず太平のうしろに坐った。

丁半博奕だった。刺青の下半分を晒でかくした壺ふりが、サイコロを客に見せ、壺に投げ入れる。盆茣座に伏せた壺をあけて、二つのサイコロの目を合わせて、奇数ならば半、偶数ならば丁。太平は勝ったり負けたりをくり返したが、思い切って丁と張ったのが当たり、札の山をかき寄せた。出目《でめ》を探っていたらしい。つづいて丁と追いかけた目

がまた出て、札の山は二倍になった。

「ほう。ついているな」

弥三郎が声をかけると、太平は壺ふりにきこえるように、マグレですよと応じた。

「こやつ、妙についている。お前さんたち、ついている奴《やつ》に乗るもんだ」

弥三郎が客を煽り立てた。多くの客が太平を見て同じ目に張る。丁半同数の駒がそろわず、太平の張った目が出れば貸元の持ち出しとなる。壺を上げると、丁。また太平が勝った。

「貸元はなんという名だい」

弥三郎は太平の前から隣の客に札を滑らせて、小声で訊ねた。

「長兵衛さんで」

「アヒル長屋の差配か」

「いま長火鉢の前にどっしり構えているのが、そうだよ」

よく肥《ふと》って耳朶《じだ》が垂れ下がり、二重顎で目が細く、七福神の布袋《ほてい》に似ている。

「金がもうかりそうな顔だな」

「ちげえねえ」

客が笑いをこらえた。

丁半は賭けつづければ勝ち負け同数になるのが理《ことわり》だが、太平はまるで壺の内のサイコロの目が見えるかのように、負けるときは賭け札が少なく、勝つときは多い。ふた昔も前に博奕うちで名をあげた石場の捨三が若返って出てきたようだった。

太平の前にできた札の山を見て、弥三郎が、

「そろそろ引けどきだ」

と声をかけた。太平が大勝ちしただけではない。ほかの客が尻馬に乗り、貸元が大損をしていた。札をかかえて持って行くと、

「もう帰りなさるのかい。夜は長えんだよ」

貸元の長兵衛が白い眼をむいた。素人《しろうと》の馬鹿づきで、すいませんねと太平は下手に出て、もうけた金を財布に入れる。そっくりそのまま弥三郎に手わたした。

「博奕には手を出さねえというのが、石場の親方との約束でして、これは懐に入れるわけにいかねえ」

とささやいた。隣の座敷で、見覚えのある向こう傷の見世番が姿をかくすのが、弥三郎の目のはしにとらえられた。

賭場を出て路地の出口の赤鳥居にさしかかると、足音を忍ばせてつけてきた男が、待てと声をかけた。

「きたか」

弥三郎が振り返ったとたんに、匕首を構えた向こう傷の見世番が体当たりしてきた。弥三郎は足を送ってかわし、勢い余ってたたらを踏む見世番の腰を蹴って倒す。つけてきたのは四人だった。

弥三郎は手で合図をして太平を遁《のが》れさせ、腰の刀を抜き放つ。刃を返して、峰打ちで三人をつぎつぎに打った。いずれも匕首を構えた手首を打った。匕首は宙に舞い、地に叩き落とされる。男たちは砕かれた手首をおさえ、苦痛に耐えられずに転げまわる。

前のめりに倒れた向こう傷の見世番は、まだ起き上がれない。弥三郎は見世番の背中に切先を当て、

「アヒル長屋はかくれて賭場をひらいていると寺社奉行に訴え出てもいいんだ。売女は目こぼしがあっても、博奕はそうはいかねえ。貸元の長兵衛にそういっておけ」

といいきかせると、おまけに背中を踏みつけた。

万年の座敷では、中野屋の楼主《ろうしゅ》半五郎《はんごろう》とアヒル長屋の差配長兵衛が膳を仕切りに置いて向き合っていた。門前仲町の芸妓《げいぎ》をとりしまる見番《けんばん》の惣右衛門《そうえもん》が、仲人役として坐った。見番と楼主では利害を同じくして、長兵衛は不利な立場になるが、それでも納得し

たのは弱みを握られていたからだった。

髪結いの甚作が長兵衛の指図《さしず》にしたがい、子供屋の女郎に大目小目の博奕を流行らせ、金をやって客を山本町の賭場に誘いこませたことは、本人が署名した証文が中野屋にある。さらにアヒル長屋の木戸の近くで、長兵衛が禁制を犯して賭場をひらいていたのは、知る人ぞ知る秘密だった。もっともそればかりは証人が名乗り出ることはない。自分が博奕をしたと訴え出てお縄にかかる者はいない。

中野屋のいいぶんは、無理心中で死んだ女郎の借金を長兵衛が肩代りするとともに、今後一切門前仲町にちょっかいを出さないと誓うというもので、そのかわりに甚作の証文は破り棄てなにごともなかったことにするという。長兵衛は首をたてに振った。だが……と不満そうに、

「得体《えたい》の知れない侍をよこして賭場荒しをさせたのはそっちじゃないのかい。おかげでこっちは見世番が怪我をして使いものにならなくなった。その始末はどうつけるんだい」

といいだした。見番の惣右衛門が、

「賭場荒しとはおだやかでないが、中野屋さん、心当たりがあるのかい」

と訊ねると、半五郎は、

「そんなことははじめてきいた。こっちはアヒル長屋に見世番がいることだって知りませんや」

と首を横に振る。半五郎は事実賭場荒しのことなど知らないのだから、長兵衛はそれ以上文句のつけようがなかった。

両者の話し合いをお膳立てした石場の捨三はべつの座敷で太平を相手に、機嫌よく盃を傾けた。

「けんか両成敗とはいうが、こればかりはアヒル長屋に非がある。少し懲らしめてやったほうがいい」

捨三の笑う顔を見ているうちに、太平は胸に秘めていることが苦しくなって、

「実は、これをやっちまったんで」

壺を振る真似をして、捨三との誓いを破って長兵衛の賭場に行ったことを白状した。

「ちょうさんの計略かい。アヒル長屋の連中を懲らしめたんだな。そんなら、文句はいうめえ。だが、これきりだぞ。二度と賭場に出入りしちゃなんねえ」

「へい。誓って手を出しません」

「ところで、いくらせしめた」

「二十両か三十両、くらいなもので」

と話しているところへ、お蓮が顔を出したので、太平は口をつぐんだ。

「ようやく片がついて、おひらきになったよ。アヒル長屋の差配は、顔を青くして怒って帰ったよ」

といって息をつき、猪口を膳からつまみ上げて捨三に酌を催促した。

「そりゃ御苦労だった。だが長兵衛が腹を立てるのも無理はねえ。やりこめられ放しだもの」

「小父さんが筋書を書いたんじゃないの」

「おらあ知らねえ」

捨三は哄笑《こうしょう》した。

「今朝ちょうさんが顔を出したんだよ。わけありの財布をあたしが預かっていて、それをとりにきたんだ。そのかわりに、ずしりと重い縞の財布を置いて行った。太平さん、お前さんがきたらこれでのませてくれといっていたが、なにかわけがありそうじゃないか」

お蓮は太平の顔を探るように見る。

「わけなんて知らねえ」

「いいじゃないか。酒代の前払いだろう」

事情を察した捨三が助け船を出す。

「今日は妙な日だよ。ちょうさんが財布を置いて行ったかと思えば、そのあとに真崎さまが見えて、医者の薬代と世話になった礼金だといって大枚のお金を置いて行った。おかげで無事にお国表に帰る行列に間に合ったと喜んでいなさった。それはあたしもうれしいんだが、こう一時《いっとき》にお金が集まってくるのも、気味が悪いよ」

お蓮は狐か狸に化かされていないか試すように手の甲をつねった。

仇討《あだう》ち相撲《ずもう》

一

大道芸にもさまざまあるが、一人相撲ほどばかばかしい見世物も珍しい。ちかごろ永代寺の東隣の通し矢で知られる三十三間堂《さんじゅうさんげんどう》に、一人相撲が出て人気を呼んでいる、という話をお蓮は石場の太平からきいた。

「おれがこどものころ、両国の広小路で一人相撲を見たが、五十過ぎの色の黒い小男でしたよ。それが呼び出しから行司から力士から、なんでもひとりでやる。こども心にもばかばかしいと思いながら、土俵際に寄られて反り返ってこらえる仕草なんか見ると、つい声をかけたくなる。徳俵《とくだわら》に踏ん張って寄り返すと、拍手喝采さ。おもしろかったなあ。いま三十三間堂に出ているのは、若くて身体がでかい。どこかの殿様のお抱え力士だといっても通りそうだ。しかも、美男ときた」

「その一人相撲はおもしろいのかい」

お蓮は興味を抱いた。

「両国広小路の一人相撲にくらべれば、素人《しろうと》に毛の生えたくらいのものだね。笑いはとれねえ。ただ真にせまっているのは、たしかで」

「一度見たいものだね。太平さん、つれて行っておくれよ」

太平は万年に友達をつれてきていた。美人の女将《おかみ》と太平が親しげな口をきくのを、友達は羨しそうに眺めている。太平はそれがうれしいらしかった。友達にお蓮を見せにきたのである。

「おれが案内するのはいいが、出る幕じゃねえようだ。石場の親方にそういっとくから、親方につれて行ってもらいなせえ」

太平は遠慮をした。佃煮をつまみに二人で二合、茶漬をかきこむと長居をせずに友達をうながして腰を上げる。

「ちょうさんから財布を預かっているんだよ。お前さんののみ代《しろ》だってね。お勘定はいらないよ」

太平が懐《ふところ》から財布をとり出そうとする手をお蓮はおさえたが、

「あれは、おれが遣《つか》っちゃいけねえ。そういう金なんですよ」

お蓮にはわからないことをいい、押しつけるように勘定を置いて去った。弥三郎が置いて行った古びた縞の財布は、長火鉢の背後の箪笥《たんす》にしまったままになっている。手にとったときずしりと持ち重《おも》りがしたから、かなりの大金らしいが、お蓮は中をあらためてはいない。

翌々日の昼下がり、ちょうど万年が仕度中で戸を閉めるころに、石場の捨三が太平をつれてお蓮を迎えにきた。稲荷横丁から三十三間堂まではさほど遠いわけではないが、縁日《えんにち》でもないかぎり足を向けることはない。

京の蓮華王院《れんげおういん》に真似て建てられた堂は長さが南北に六十六間（百二十メートルほど）あり、四面に廻《めぐ》らせた縁側の西縁に弓の射場《いば》があって、日のあるうちは武士が弦《つる》を鳴らして数矢《かずや》を射ている。三十三間堂の門前町は、仲町にくらべれば規模は小さいが、茶屋や子供屋がならぶ花街《はなまち》だった。

お蓮が三十三間堂についたときには、境内を歩いたり、数矢を見物する人々はいたが、一人相撲の人だかりはどこにもなかった。太平が歩きまわって、

「いた、いた」

と大声をあげる。縁の下に坐って休んでいた大男をみつけ、つれてきた。捨三が、

「評判をきいて、わざわざ見にきたんだ。やってくれ」

捨三がいくらかの鳥目《ちょうもく》（銭）を握らせると、大男は満面に笑みを浮かべた。肌は白く、

太平がいった通りの美男で、笑うと赤子のように無邪気に見えた。大男は浴衣を脱いで縁側に掛け、締めこみひとつの姿になった。てんこてんてん……と大声で寄太鼓《よせだいこ》の口真似をして人を集め、棒のさきで土俵の円を描く。大真面目な顔でそれをやるのがおかしくて、お蓮は声を立てて笑った。

大男は締めこみにはさんだ扇子をぬいて顔の前に上げ、勧進元の口上を真似る。扇子を広げると呼び出しになり替り、

「東、雷《いかずち》、西、浜風《はまかぜ》」

と高い声で節をつけて呼ぶ。いずれも当節の人気力士である。そのころにはどこから湧き出すように見物人が集まってきた。大男は見物人を見わたたし、どちらに勝たせたいか、雷か、浜風か、お鳥目しだいで勝ち負けが決まると怒鳴った。浜風、いや雷と声がかかり、一文銭が東西に投げられる。見物人のほうでも、八分は遊び、二分は本気で贔屓《ひいき》力士が勝つところを見たいのである。

力士が土俵に上がり、塩で清める。お蓮にはわからないが、その動作が本物とよく似ていると見えて、歓声が上がった。四股《しこ》を踏み、仕切りをする。立ち上がると西の浜風が低く出て、下から押し上げて前に出る。大男が身体を反転すると東の雷に変り、押されて土俵に詰まり、肩ごしにまわしをつかむ所作があって土俵際でこらえる。雷が腹を

出して浜風を吊り上げると攻守交代して、中央に寄りもどし、ふたたび反転すると浜風に変って、離れて突いて出る。力倆《りきりょう》の伯仲《はくちゅう》した熱戦がつづいた。しまいに雷が上手投げで浜風を投げる。大男は目まぐるしく浜風になり変って尻から落ちると、すぐに立って行司となり、軍配のつもりで掌をひらいて、勝ち名乗りを上げた。投げ銭の数は雷のほうが多かったのである。

ひとしきり見物して、三人は帰ることにした。門前町をぬけてから、三十三間堂の高い瓦屋敷を振りかえり、お蓮が、

「ばかばかしいけど、おもしろかった」

とつぶやき、口元に手の甲を当てた。

「うん。ありゃただ者じゃねえな」

捨三がいう。

「ただ者じゃないって……」

どういう意味なのか、お蓮は捨三の顔を見た。

「ただの見世物芸人じゃねえってことよ。あの身体を見たかい。荒稽古で鍛えた身体だ。いつでも本職の力士と五分に取り組めそうじゃねえか」

「そうかい。いい男だから、あたしは顔ばかり見ていたよ」

「しょうがねえなあ」

捨三は苦笑した。すぐに真顔になり、

「茶漬をくわせるといって、あとであいつを万年につれてこい。贔屓してやりたくなった」

と太平にいいつけた。


砂にまみれた身体で座敷に上がるわけにはいかないといい、一人相撲は湯屋に寄って身体を洗い、暗くなるころ太平につれられて万年にきた。洗った髪を間に合わせの紙縒《こより》の元結《もとゆい》で束ねただけで、浴衣一枚の姿だった。

座敷に通されると、捨三とお蓮の前に膝をそろえて坐る。肩をすぼめ、両手を膝の間にさしこみ、まるで大きな身体を恥じているように見えた。

捨三に問われるままに、名は八郎右衛門《はちろうえもん》といって当年二十一歳、生国《しょうごく》は奥州相馬《そうま》で、当節は入船町《いりふねちょう》の宗助店《そうすけだな》という長屋に住む叔父《おじ》のところに身を寄せている、とすらすらと答えた。

「八郎右衛門とは相撲とりらしくもねえ、弱そうな名前《なめえ》だな。嘘でも相撲らしい名前にしたらどうだ。昔の相撲の名を借りて、浪右衛門《なみえもん》はどうだい。荒浜《あらはま》だの磯風《いそかぜ》だのと四股名がつきゃ強そうじゃねえか」

　捨三は一人相撲が万年にくる前から猪口《ちょこ》を手にしていたから、すでに酔って上機嫌になっていた。

「おいらは本職の相撲じゃありませんから、四股名などというのはおそれ多い」

「相撲におそれ多いはないだろう。せめて下の名前だけでも浪右衛門にしておけ」

　捨三は強引に浪右衛門と名乗らせることに決めてしまった。

「いま本職の相撲じゃねえといったね。だが、おれの見るところ、稽古でこしらえた身体だ。耳を見なよ」

　捨三はお蓮を見ていった。浪右衛門の耳は上の部分が盛り上がって胼胝《たこ》になっている。

「あら、好い男が台無しだ」

　お蓮ははじめてそれに気づいたのである。

「その耳は、ぶつかり稽古でつぶした耳だ。そうだろう」

　捨三にいわれて、浪右衛門はうなずいた。

「在所《ざいしょ》に江戸で前相撲《まえずもう》をとったという隣人がいまして、草相撲の大関でした。その人におそわりました」

　浪右衛門は身体に似合わぬやさしい小さな声で話す。

「せっかく稽古をした人が、なぜ一人相撲なんて見世物の真似をしているのさ」

お蓮は浪右衛門が気の毒になってきて、黙っていられなくなった。浪右衛門はまるで悪事をみつけられたような顔つきになり、うなだれる。入船町の長屋の隣人に、大道芸人の元締めのようなことをしている人がいて、彼にすすめられたのだという。行司の真似も呼び出しの声色《こわいろ》も、見物人が喜ぶ力士の癖も、手とり足とり教えこまれた。

「そりゃ筋がいいや。真似が上手ならコツをのみこむのも早え。見どころがあるぜ」

捨三は品さだめをする眼で、浪右衛門の上体を眺める。自分自身が若いころは力自慢で力士になろうかと夢を見たことがある。相撲ときくと目の色が変る。

「小父さんばかりのんでないで、若い人にもすすめなさいな」

お蓮は捨三の肘を突いてうながした。いったん捨三の座敷を下がり、ほかの座敷の挨拶にまわる。板前の清次郎に浪右衛門にうまいものを食べさせてやってくれと頼んだ。

しばらくたってから捨三の座敷をのぞくと、捨三が膳をのぞきこむように頭を下げている。太平が身体を横に揺する。浪右衛門は正座を崩さず、太平が突き出す銚子を盃で受けた。大きな盃も浪右衛門が持つと小皿のように見えた。太平が呂律のまわらぬ舌で、

「親方はもういけません。おれも討ち死にだ」

とお蓮に赤い顔を向けた。

「お相撲さんとお酒で張り合う馬鹿がいるものかね。小父さんも小父さんだよ。いつまでも若いつもりで」

お蓮は吐言《こごと》めいたことをいった。捨三の耳にその言葉が届いて、顔を上げて横目で見たが、そのまま横だおしに寝そべる。

「親方、親方」

太平はひとしきり呼びかけたが、そのうちにさっきまでの捨三と同様に、頭が前に垂れた。

浪右衛門は二人が酔いつぶれると、丼《どんぶり》めしを何杯も催促し、膳に残った肴《さかな》は余さず腹におさめて、酔ったそぶりも見せずに帰って行った。お蓮は前後不覚の二人をそのまま座敷に寝かせておいた。

二

「いらっしゃい。小揚りがあいていますす」

と店で女中のお芳が客を招く。二、三度声をかけてから、なんだろうねと小声でいい、帳場に顔を出した。長火鉢の前に坐って、通い帳に客の人数と代金を書きこんでいたお蓮に声をかけた。

「妙なお侍が外にきていますよ」

「お客さんじゃないのかい」

「はじめはそう思ったんだけど、店の様子をうかがうばかりで、入ろうとしないんですよ」

昼の客がみな帰り、店は空いている。新規の客がなければ、お芳は掃除をして休もうとしていたところだった。

「気味が悪い」

とお芳が不安な顔をする。お蓮は帳場から出て行った。店の外に笠をかぶった武士がたたずんでいた。お蓮を見て、笠をとる。六十に手が届くかと思われる年頃だった。白い髪が薄くなり、髷はかたちばかりである。

「うちに御用ですか」

と声をかける。武士は歩み寄り、

「いや、ちと人を探しておる」

と答えた。店の前で立ち話をしては人目に立ちますから、とお蓮は武士を招き入れた。小揚りに坐らせ、お芳にいいつけて茶を出させた。

「お人探しとおっしゃるのは、もしや小松弥三郎さまというお侍じゃござんせんか」

そんな気がした。老武士はうなずく。

「こちらに厄介《やっかい》をかけていると人づてに耳にしたものでな。もしやと思って尋ねた」

「厄介とおっしゃいますが、たまに茶漬を召し上がりにお寄りになるだけです」

お蓮は用心した。

「わたしは小石川に屋敷がある小松将監《しょうげん》様の用人で、梶間《かじま》辰之助《たつのすけ》という者だ。弥三郎さまは小松家の御次男だ」

「小松さまとおっしゃるのは、その、ご大身《たいしん》のお旗本かなにかで……」

お蓮はおそるおそる訊ねた。梶間と名乗った老武士はうんとも否《いな》ともいわない。

「弥三郎さまにお伝えしたいことがある。さほど猶予《ゆうよ》がない。いずこにおられるか、そなたに心当たりはないか」

「さあ、風来坊のことですから」

といってから、お蓮はあわてて手で口に蓋《ふた》をした。梶間は落胆の色をかくさず、

「深川に行けばわかる、ときいてきたのだが」

とつぶやく。お蓮は梶間が弥三郎にとって害をなす人物ではないと、ようやく納得した。

「いつお見えになるか、まったくわからないんですよ。気まぐれなお人ですから。そういえば、道場育ちだとおっしゃったことがありますよ。そちらの道場に心当たりをうかがったらいかがでしょう」

「うむ。神田弁慶橋の美濃部《みのべ》道場。そこでこの店ではないかときいてきた。ここでもわからぬとなれば、手がかりは絶える」

梶間は途方に暮れた表情で、天井を仰いだ。思い直して、

「書状をしたためておく。弥三郎さまがお見えになったら、渡してくれ」

といい、矢立《やたて》をとり出した。懐紙を出して筆を走らせ、しばらく風に当てて墨を乾かしてから、ていねいな手つきで畳んで結び文にした。

「梶間辰之助が参ったといってくれればわかる。頼んだぞ」

と念を押して腰を上げる。帰りがけに小粒銀を一枚盆に置いたのをお蓮は見て、

「困りますよ。お茶を一杯さし上げただけで、商売でもなんでもありません」

といってあとを追い、梶間の袂《たもと》に小粒銀を落としこんだ。梶間は強いてあらそわず、
頼んだぞともう一度いって背中を向けた。

板前の清次郎が片襷《かただすき》を外しながら板場から出てきて、

「悪いが、きいてしまったよ」

と話しかけた。

「いったいなんの用だろうね。急いでいるようだけど」

お蓮は小揚りの上がりかまちに腰かけた。

「話の様子じゃお旗本の若様らしいね。実をいえば、ちょうさんをはじめて見たときから、育ちがよさそうだと見当をつけていたんです。次男坊だそうだから、お屋敷から急な用だといえば、悪いことを考えればお家の大事。よいほうを考えれば縁談。どっちかですぜ」

「縁談かい」

「お旗本の次男坊の出世の道といえば、養子か婿《むこ》のどっちかでしょう」

清次郎は確信がありそうに断言した。ふんと鼻でわらってから、お蓮は不機嫌な顔つきになった。武家の内証《ないしょう》の話はききたくないといいたげに、勢いをつけて腰を上げた。

万年に梶間辰之助が訪れたころ、石場の捨三は太平をともなって入船町に出かけた。商家のならぶ町なかを通り抜けると、谷底を見下すように低くなった土地があり、棟割り長屋が二棟向きあっている。そこが宗助店だと町の人に教えられてきた。

「臭《くせ》えな」

と捨三は顔をしかめる。長屋に近づくと異臭が鼻をついた。大雨のときに裏の堀川から溢れ出した水が、長屋の裏の空地に小さな沼になっていた。長屋の住人がそこへなんでも投げ捨てるから、腐って水面に泡が浮かび出ている。

大道芸人の元締めをしていると浪右衛門はいったが、それほどの者でもなく、自身が大道芸人のひとりらしい。紙が破れた腰高障子の前に、物干竿をわたして、縄で編んだ衣裳が干してある。どれも色あせてもとの色がわからないほど古い。縄衣裳をつかう乞《こ》食芝居《じきしばい》で、一人相撲と同じようにひとりで芝居をする。一人二役で顔半分を男、半面を女形にして演じ分ける芸で、客の望みしだいではやり狂言の真似をして見せる。縄衣裳の汚なさを見ただけで、その芸がもう流行《はや》らなくなっていることがわかった。

太平がごめんよと声をかけて立てつけの悪い腰高障子を力まかせに引きあけた。縄がとぐろを巻いたゴミ捨て場のような家の中に、ふんどしひとつの男が寝そべっていた。

「石場からきた。捨三という者だが、勘助《かんすけ》さんというのはお前さんかい」

勘助が起きて膝をそろえて坐る。日に焼けて赤土のような色になり、顔から首すじ、胸まで皺だらけだった。口をあけると前歯が欠けて空洞になっている。捨三は太平に合図をして、包み金を上がりかまちに置かせた。勘助は紙の内を値ぶみするように見る。その目つきがいかにも意地汚なかった。

「隣の一人相撲のことだが……」

捨三は浪右衛門を預かりたいと申し出た。一人相撲はやめさせるつもりだった。

「あれはおれの弟子で、若えから稼ぎもいいんだ」

勘助は暗に金が足りないとほのめかす。そう出るのはわかっているから、捨三は懐から財布を出し、中を探って見せた。まだ金は出さず、

「さきのある若え者にさせる身過《みす》ぎ世過《よす》ぎじゃねえな。芸人の元締めだなんて、なにも知らねえ若い者をだまして上前《うわまえ》をはねるのかい」

という。

「一人相撲はおれが教えこんだんだ」

勘助の歯の欠けた口からもれる言葉はききとりにくかった。

「なんだと。お前さんのいうことはわからねえ。めんどうだから、お銭《あし》を足してやる。文句はあるめえ。向後《こうご》は一切《いっさい》、かかわりあうんじゃねえ」

しまいは脅し文句になり、勘助の足の上に一分銀を数枚ばらまいた。

捨三は勘助と話をつけると浪右衛門の叔父という男の家をのぞいたが、稼ぎに出ているのか、姿はなかった。その足で、すぐ近くの三十三間堂へ行った。

この前と同じ縁の下に、浪右衛門は休んでいた。捨三と太平を見て腰を曲げて頭をか

ばいながら出てきた。三十三間堂の床は高いが、六尺（約一八〇センチ）に余る浪右衛門は頭がつかえる。

「一人相撲はもうやめだ。宗助店の勘助に話は通してきた」

捨三が大きな声を出した。

「えっ、なんのことですか」

浪右衛門がけげんな顔をする。

「ゆうべ約束したじゃねえか。いずれいい親方をみつけて弟子入りさせてやる。それまでは石場で預かる。一人相撲なんて見世物はもうやらせねえってな。そうだろう、太平。手前が証人だ」

「それが、親方、おれは酔っ払っちまって、なにも覚えていねえんだよ」

太平にそういわれると、捨三はそんな約束をたしかにしたのか自信がなくなった。浪右衛門はとまどった顔を捨三に向ける。どうやら、人が右を向けといえばいつまでも右を向いているような素直な性格なのだろう。

「どうした。相撲とりになりたくねえのか。大道芸の真似をして一生送るつもりか」

捨三は浪右衛門の広い肩を両手でおさえ、力をこめて揺すった。浪右衛門は夢を見るような目を向ける。捨三にはそれが頼りない顔つきに見えた。

「はっきりしろい。入船町のどぶにもどるか、おれと一緒に石場に行くか」

突然、浪右衛門が飛びしさり、その場に両手をついた。その勢いで捨三は尻餅をつく。

「お願いします。おれを江戸の相撲とりにしてください。命がけで稽古します。どんな辛抱《しんぼう》でもします」

額を地面にこすりつける。顔を上げると、それまでのぼんやりした顔とは人が変ったように目が輝いていた。

捨三はその場から浪右衛門を石場の家につれて行った。

「善は急げだ。いまから入船町に話をつけに行こう」

と太平に声をかけ、酒屋から一斗樽を買った。人足を二人雇って天秤棒で一斗樽をかつがせ、入船町の宗助店の叔父の家に挨拶に行った。

浪右衛門の叔父は太左衛門《たざえもん》といい、年は三十を越えたばかりだった。ふだんは日雇《ひやと》いの川浚《かわざら》いの人足をしているが、その日は仕事の声がかからず、朝から長屋にいた。勘助は太左衛門を呼びに行った。太左衛門はすぐにやってきたが、半信半疑の顔つきだった。

「勘助さんから話をきいたろう。悪い相談じゃねえんだ。甥《おい》っ子を大道芸人にしておかねえで、足を洗わせて相撲とりにしようという話だ」

捨三は浪右衛門とは話がついていて、本人もその気になっている、勘助にも金を払ったと語ると、ようやくかつがれているのではないと納得した。

「へい、それじゃ親方がうしろ盾になって、どこかの部屋に入門させてもらえるんで……」

「そういうことだよ。おめえもくどいな。少しは人を信用しろよ」

捨三は苛立った。太左衛門は捨三の顔を正面からじっと見る。その目に涙が湧き出したかと思うと、両手をつき額を地面にこすりつけた。

「おねげえします。野郎っ子を相撲とりにしてくだせえ。おねげえします」

と泣き声になった。

「いきなり土下座なんてされたら、面くらうじゃねえか。手を上げなよ」

「ありがとうございます」

太左衛門は顔を伏せたまま、甥を相撲とりにすることは、郷里の親戚に約束したことだった、ようやくこれで親戚に顔向けができると涙ながらに語った。

弥三郎の居場所はひょんなことからお蓮に知れた。早朝、勝手口に蜆《しじみ》売りの新公が顔を出し、

「蜆が売れ残った。この町内は三文四文の銭を惜しむしけた連中ばかりだ。くれてやる

から、笊《ざる》を持ってこい」

と大きな声を出した。口は悪いが、お蓮には恩義を感じている。ありがとうという言葉がいえず、乱暴な口をきくのである。

下働きのおさんが、笊をかかえて裏庭に出て行く。お蓮が勝手口からのぞくと、売れ残りにしては多すぎる量の蜆を、新公が笊に移すところだった。

「毎朝そんなに残しちゃ商売にならないね」

とお蓮が声をかける。新公は泥のついた手で鼻を下からこすり上げ、

「てやんでい。おらのは商売じゃねえ。施《ほどこ》しみてえなもんだ。後生《ごしょう》のためにやってるんだ」

と生意気な口をきく。

「ちびのくせに、あいかわらず口が減らないねえ」

おさんが憎々しげにいいながら、笊をかかえて台所に入った。お蓮は笑って見ている。新公のような年頃の少年がなにをいおうと怒る気にはなれない。仕草を見るだけで飽きない気がする。お蓮はたいして当てにもせずに、

「新公、ちかごろちょうさんを見かけなかったかい」

と訊ねた。すると新公は得意げに、

「ちょうさんなら網元の家にいる。昼間から酒をくらって、御機嫌ななめならずだ」

といった。

「なんだい、蛤町かい。あきれたね」

男も女も素っ裸で暮らしている魚くさい町のどこがいいのか。その言葉は新公の前ではさすがに口にできない。

頼みがあると前おきして、お蓮は新公の手をとり、駄賃を握らせた。

「ちょうさんに伝えておくれ。先日、お屋敷から梶間さまというお侍が見えて、大事な話があるというんだよ。ほんとうに一大事なんだよ。すぐ万年においでなさい、そういっとくれ」

「承知」

新公は胸を叩く。

「いいかい、まちがえちゃいけないよ。お屋敷の梶間さま。その名前を必ずいうんだよ」

と念押しをした。新公は梶間さま、梶間さまと口の中で唱えながら、天秤棒をかついで去って行く。大人が担ぐ天秤棒をこどもの新公が、弥次郎兵衛《やじろべえ》の玩具のように中心を支えて歩いて行く。そのうしろ姿を見ているうちに、お蓮は思い直した。

屋敷の用人が弥三郎を尋ね歩くということは、なにか実家に顔を出せない深い事情があるのかもしれない。そうだとすれば、用人の梶間辰之助がきたと知って、弥三郎は姿をくらませてしまうおそれがある。

お蓮は帳場に行って梶間が置いて行った結び文を箪笥からとり出し、懐にはさんだ。板前の清次郎にことわって見習の乙吉を借り、辻駕籠《つじかご》を呼ばせた。

途中で新公を追い越し、さきに駕籠は蛤町に着いた。網元の家の前に駕籠と乙吉を待たせておいて、あけ放しの戸口から土間に入る。川風が入る縁側で、片肌ぬぎになり手拭いを向こう鉢巻にした弥三郎があぐらをかき、徳利を脇に置いて茶碗酒をあおる姿が目に入った。

「ちょうさん、なにやってんだい」

とお蓮が呼びかけると、顔を向けて、

「おお、よくわかったな」

といった。相伴《しょうばん》していた網元の助五郎《すけごろう》は下帯ひとつに半纏をひっかけ、あぐらをかいている。

「やあ、稲荷横丁の……。一緒にやろう。いい魚が揚ったぜ」

と声をかける。お蓮は会釈をしておいて、ちょいとと弥三郎を手招きした。前後して外に出ると、網干場で赤貝の剝身をはぎとっていた腰巻ひとつの女たちが、ヘラを持つ手を休めて顔を向ける。お蓮は弥三郎に梶間が尋ねてきたことを話し、結び文を手わたした。

「梶間さまがだいぶお困りの様子だったよ」

「わざわざ届けてくれたのか。すまん」

とつぶやき、結び文をひらいて目を通した。読みおわると掌でまるめて、片袖の袂に入れる。お蓮はなにが書いてあるのか、気になった。

「すぐに帰ったほうがいいんじゃないのかい。お屋敷は小石川だってね」

「うん、小日向《こひなた》さ。まあ、急ぐ話でもないようだ」

弥三郎は縁側の酒盛りの場にもどって行った。

「ちょうさん」

お蓮が咎《とが》める響きのある声で呼んだが、弥三郎はきこえないふりをした。

「知らないよ」

お蓮は怒って背を向けた。駕籠を置いて、駕籠かきが網干場に歩み寄り、女たちを冷やかしている。なにをしてるんだい、とお蓮は駕籠かきに八ツ当たりした。

三

捨三は万年の座敷に石場の人足頭亥助《いすけ》と太平、浪右衛門と叔父の太左衛門を招いた。浪右衛門の弟子入りが決まった祝いの宴会である。本所富川町《ほんじょとみかわちょう》に屋敷がある旗本、荒川正右衛門《しょうえもん》の抱え力士荒滝鳴右衛門《あらたきなりえもん》に頼みこんで、浪右衛門を弟子入りさせた。

「荒川様というのは、御小姓番をつとめるえらいお旗本だが、相撲に夢中だ。富川町のお屋敷内に稽古場をこしらえて、荒滝を住まわせている。荒滝はことし五十になったが、まだまだ若い力士にひけはとらねえ。おれも昔から贔屓にしてるんだ。親方にするにはまたとねえ力士だ」

捨三が荒滝の贔屓自慢をはじめると話が終らない。荒滝の弟子はいま五人いて、富川町の稽古場に寝泊りしている。

「兄弟子に揉まれりゃ強くなるぞ。さきが楽しみだなあ、叔父貴《おじき》」

と太左衛門の顔を立てて酌をする。太左衛門は本名の八右衛門から八《はち》と呼んで、

「八が江戸相撲の弟子になれるなんて、嘘みてえだなあ」

といって涙ぐんだ。捨三は先夜の大酔《たいすい》に懲りて、酒は自重してもっぱら酌にまわる。

太左衛門はすぐに酔いつぶれた。捨三は駕籠を呼び、万年の料理を折詰にして土産に持たせ、入船町の長屋まで送らせることにした。太平や浪右衛門が酔った太左衛門の世話で店の前がごたごたしているところへ、

「おや、とりこみか」

と声がして、弥三郎が店をのぞいた。お芳が帳場のお蓮に、

「ちょうさんがおいでですよ」

と声をかける。座敷に人足頭と残っていた捨三がその声をきき、廊下に出て、

「ちょうさんがきたってか。いいところへきた。座敷に上がってもらおうじゃねえか。こっちだ、こっちだ」

と大きな声を出す。店に出たお蓮に、

「わざわざ蛤町くんだりまできてもらったが、ろくに礼もいわなかった。気が咎めたから、顔を見にきたよ」

と弥三郎がいった。

「それはごていねいに……」

お蓮が皮肉をこめていう間に、捨三が横からさらうように弥三郎の手を握り、

「さあさ、こっち」

といって座敷につれて行った。

捨三は弥三郎を上座にすえると、浪右衛門を前に坐らせ、

「これ、殿様に挨拶しねえか」

といって頭をおさえて平伏させた。頭をおさえつけたまま、御小姓番荒川正右衛門のお抱え力士に弟子入りがかなったことを語った。

「それはよかった。精進《しょうじん》しろよ」

弥三郎が声をかける。捨三は浪右衛門の頭をおさえつけていた手をどけ、頭を上げさせた。

「ほれ、なんとかいってみろ」

と耳元にささやく。幼い子にするように手とり足とり教えこむつもりらしい。

「一所懸命稽古します。強くなります」

訥々《とつとつ》と言葉を絞り出す。

「よくいった。その意気だ」

捨三が浪右衛門の背中を叩いた。弥三郎は浪右衛門に興味を抱き、生国や育ち、力士になりたい理由を細かく訊ねる。浪右衛門は武士が相手だとろくに口がきけず、おおむね捨三が代りに答えた。捨三は浪右衛門を下座に下らせると、弥三郎に酌をしながら、

「こいつの住《す》み家《か》は入船町の宗助店という長屋ですが、行ってごらんなせえ、どぶの中に浮かんでいるようなものだ。あんなところに住んでいちゃいけねえ。あたしはこいつをなんとしても引っ張り上げてやりたいんだよ」

といい、自分の言葉に感動して、掌で洟水《はなみず》をすすり上げる。弥三郎は浪右衛門に顔を向けた。

「弟子入りはいつからだい」

「へい、明日《あした》です」

浪右衛門が答える。

「それは急だな。では強くなるまでは、会うこともねえな。おめえは土俵の上、おいらは土俵の下だ。名をあげて故郷に錦を飾れ。門出の祝いといっても、なにもやれねえが、どうだい、一番とろうか」

と弥三郎がいいだしたので、捨三は驚いた。

「およしなさいな。いくらちょうさんに武芸の心得がおあんなさっても、相撲はまた別だ。怪我をしたらつまんねえ」

その言葉が火に油を注いだ。

「投げ飛ばされたら、それが祝儀がわりと思ってくれ」

そういって両刀を刀架けに架けたまま、さきに座敷を出る。なにごとかと帳場から出たお蓮が太平から事情をきき、

「なにをばかなことをいい出すんだろう。およしなさい」

と引きとめようとしたが、弥三郎はきき入れない。そのうち捨三が興に乗り、

「御祝儀がわりだそうだ。殿様を投げるなんて、一生できねえぞ。浪右衛門、やってみろ」

とけしかけた。

「およしよ」

お蓮が思わず大きな声を出した。その声がほかの座敷や店の小揚りの客に、取組みをふれまわる結果となって、弥三郎と浪右衛門のあとについて、ぞろぞろと外に出た。稲荷横丁から一の鳥居の通りに出る。弥三郎は小石を拾い、地面に円を描いた。通りがかりの酔客がおもしろがって、まるく人垣をつくる。

弥三郎は尻はしょりをした。両脇から腹を平手でぱんと叩き、

「さあ、こい」

と掛け声を発する。浪右衛門は浴衣を脱ぎ、太平に預けた。浪右衛門は同じように平手で腹を叩いて勢いをつけ、がっぷりと左四つに組み合う。弥三郎が寄って出ようとす

るが、前には動かず、足で地面を掘るようにして後退する。苦しまぎれにまわりこみ、右を小手に巻いて投げようとした。浪右衛門はわずかにぐらっとしたが、弥三郎の腰に手をまわすと、吊り上げて円の外に運んだ。

「吊り出し。兄《あん》ちゃんの勝ち」

見物人から声がかかり、どっと笑い声が上がる。弥三郎は懲りず、もう一番と声をかけた。

今度は組まず、浪右衛門の胸を下から突き上げた。色白の浪右衛門の胸がたちまち赤くなる。勢いに押されて下がったが、組みとめてまた左四つになった。そのまま抱き上げる。弥三郎が脚をばたばたさせて遁《のが》れようとするが、浪右衛門が腕の力をゆるめると、落ちて尻餅をついた。

「吊り落とし。また兄ちゃんの勝ち」

同じ声がかかった。弥三郎は尻の砂を払いながら立ち上がり、なるほど力があると誉《ほ》めた。見物人を見まわし、

「お立会いの衆。これは浪右衛門といって、このたび荒滝鳴右衛門に弟子入りがかなった。いずれ名を上げる。どこかの相撲場所で前相撲をとっているのを見かけたら、声をかけてやってくれ。頼むぞ」

と声を張り上げた。見物人が喝采して、がんばれ浪右衛門と声がかかった。

着物に袖を通す弥三郎に捨三が歩み寄り、

「ありがとうござんす。披露目《ひろめ》に一肌脱いでくだすったんだね」

といって手を握り、頭を下げる。

「それはいいが、浪右衛門はたしかに剛力だ。組んだだけで骨が折れるかと思った」

弥三郎は左四つに組んだ下手をさすった。浪右衛門の上手の肘で締めつけられ、身動きがとれなかったのである。


明日は早く浪右衛門を本所富川町へつれて行かなければならないといい、捨三は酒盛りを早目に切り上げた。急に寂しくなった座敷で、弥三郎とお蓮はさし向かいになった。

お蓮が酌をしようと銚子を傾けると、弥三郎の猪口を持つ手がふるえる。

「いやだね。酒の毒がまわったんじゃないかい」

若くして酒毒が身体にまわった客を見ているから、お蓮は本気で心配した。

「浪右衛門にやられた。腕に力が入らねえ。あやつ、掘り出し物かもしれねえな」

弥三郎は組み打ちには自信があったのである。浪右衛門の腕力を、甘く見ていた。

「つまらない真似をするからさ。だけど石場の小父さんは喜んでいたよ。いい餞別《はなむけ》をいただいたって、涙を流していたっけ。年とって涙もろくなったんだねえ。あたしからもちょうさんにお礼をいいます。ありがとうござんした」

「よせやい。尻がこそばゆくなる」

ふるえる手で猪口の酒をこぼさないように茶碗に替えて、一息にのむ。弥三郎は少し考えこむような目をした。やや間を置いてから、二人が同時にものをいいかけて、顔を見合わせた。

「なんだい」

と弥三郎が話を譲る。

「板前の清さんも、石場の小父さんもそういうんだけどね、小石川のお屋敷から急な用というのは縁談にちがいないって」

「そんなんじゃねえ。兄上も嫂《あによめ》もおいらには、とうに匙《さじ》を投げた。自慢する話じゃねえが、悪名高いおいらだ。縁談を世話するような物好きはいねえよ」

「そうなのかい」

お蓮の頰がわずかにゆるんだ。

「こっちの話だが、しばらく旅に出ることになった」

「旅って、江戸を離れるのかい。遠くかい」

「それはきかねえでくれ。一月《ひとつき》か二月《ふたつき》か。下手を打てば一年。それで世話になった挨拶にきたんだ」

「そんなに長く……」

お蓮は胸が痛くなった。思いがけず、弥三郎と離れたくないという強い思いが、胸に突き上げる。

「ちょうさん」

と呼びかけてそばに寄ろうとしたとき、弥三郎が頭に手をやって、

「それで、まったくみっともねえ話なんだが、いつだったか、石場の太平にのませろといって置いて行った縞の財布だが、半分だけおいらにくれねえか」

いいにくそうに口に出した。

「太平さんはあのお金には手がつけられないというし、もとはといえばちょうさんが持ってきたんじゃないか。半分とはいわず、そっくり持って行ってくれたほうが、こっちはさっぱりする。だけど、なにかい。今夜は、お金をとりにきたのかい」

一瞬弥三郎を慕《した》わしい気持になっただけに、味気《あじけ》ない話を持ち出されて、お蓮は腹が立ってきた。

「すまねえ。路銀《ろぎん》がちと足りねえんだ」

弥三郎はお蓮の気持にはまったく気づいていなかった。

「ちょいとお待ちなさい」

お蓮は帳場に行き、箪笥の抽出《ひきだ》しに大事にしまっておいた縞の財布をとり出し、座敷に持ってきた。弥三郎の膝の前に置く。

「はい、たしかにお返ししますよ。中をあらためなくてもいいんですかい」

つい険《けん》のあるいいかたになった。

「半分でいいんだ」

「それじゃこっちが困るんですよ」

弥三郎は黙って入り用の金をつかんで懐に入れ、財布をその場に置いて、腰を上げた。店を出るとき、ちらりと振り返り、ものいいたげな素振りをしたが、なにもいわなかった。女中のお芳だけが外へ見送りに出て、

「またお近いうちにおいでなさい」

と声をかけた。

座敷のあと始末がすんでから、お蓮はひとり長火鉢の前に坐り、燗ざましの酒を手酌でのんだ。もう弥三郎は姿をあらわさないかもしれない。あのまま帰してよかったのか、と後悔の念が胸を焦がしたのは、酒の残りも少なくなってからだった。

四

それから一月がたったころに、石場の捨三がひさしぶりに万年に顔を出した。日が傾くにはまだ間があり、馬場通りと呼ばれる一の鳥居の表通りには人出があるが、稲荷横丁はひっそりとしている。

「頭と太平を呼んでおいた。おっつけくるだろう」

捨三は座敷の仕度がととのうまで、帳場で待たせてもらうといった。お蓮の顔をすかし見るようにして、

「おや、きょうは顔色がいいな。若くなった」

という。唇の紅《べに》の色が、そう感じさせたのだろう。

「そうかい。新しい紅を髪結いのお久米さんから買ったんだ。流行りだとさ」

「誰に見しょとて紅かねつけて……か」

捨三は憎まれ口を叩きながら、長火鉢の横に坐る。お蓮が煙草盆を押しやり、煙管《きせる》に煙草を詰めて吸口をさし向ける。火をつけて吸いつけ、ゆっくり煙を吐いた。目を細め、機嫌のよいときの顔になっている。

「富川町に行ってきた。しばらく見ねえうちに浪右衛門は変ったよ。身体はでかくなったが顔は締ってまるで別人だ。男は鍛えるもんだなあ。荒滝親方に挨拶したら、うれしい話をきいたよ。月末《つきづえ》に八幡《はちまん》さまで勧進《かんじん》相撲があるんだが、浪右衛門が前相撲で出るとよ」

「えっ、もう土俵に上がるのかい」

「こんなに早く出られる新弟子はめったにいるもんじゃねえ。おれの目に狂いはなかった」

自慢げにいい、煙管の雁首で吐月峰《はいふき》を叩いて灰を落とした。

「怪我をしなきゃいいけど」

お蓮は身内が土俵に上がるような気がした。

おくれてやってきた太平と人足頭の亥助も、捨三から話をきいて大喜びした。前祝いだ、鏡割りだと景気のよいことをいい合う。

酔った太平がぽつりと、

「ここにちょうさんがいればなあ」

とつぶやいたのが、お蓮にきこえた。お蓮には辛い言葉だった。

それから四、五日してから、捨三がこんどはひとりで昼下がりの暇なときに万年にあらわれた。帳場に上がりこみ、相談がある、と切り出す。

「富川町から浪右衛門が朝早く石場にきたんだ。勧進相撲の話だが、殿様の荒川様というお方は、たいそうな派手好きだそうで、相撲場に出かけるのに、錦の羽織袴に、幟《のぼり》まで立てて、力士たちの先頭に立って押し出すんだと。力士も浴衣一枚じゃねえ、袴はいらねえが、できるだけ目立つ羽織を着るってんだ。兄弟子のお下がりもあいにく廻ってこねえ。なにかいい手はねえもんかな」

「あと二十日とちょっとしかないじゃないか。羽織を仕立てるには日数が足りないよ。古着を買って洗い張りに出すかい」

古着の糸をほどいて布を洗って干す。いい職人にやらせれば、新調と変らなくなる。

「長い羽織をあつらえればいいのかい」

「それも大漁旗のように派手なのがいいそうだ。浪右衛門の門出に、あまりみっともねえ思いはさせたくねえ。なんとかしてやると請け合っちまった」

「そうだねえ」

お蓮は佐賀町の古着屋伊兵衛を思い出した。いつぞや店の前で、ごろつき中間《ちゅうげん》といざこざがあったとき、中間に首を締め上げられた伊兵衛をお蓮がかばったのである。それを恩に着て、伊兵衛はひとりで茶漬を食べにきたり、たまに寄合《よりあい》の流れで仲間をつれてくることがある。

「あの人なら、なんとかなるかもしれないよ」

お蓮は思い立つとすぐに捨三と一緒に、佐賀町に出かけた。伊兵衛の古着屋は上《かみ》の橋近くの表通りに面した店だった。間口から店の中が見通せないほど、古着が吊るしてある。捨三は乱暴に古着をかき分けて中に入った。

伊兵衛は突然お蓮があらわれたので面くらった。事情をきくと、

「値の張るものは奥にしまってある」

といい、小僧を呼んだ。小僧にできるだけ派手なものを持ってこいといいつける。

「浪右衛門のことは知らなかったが、そういう行きがかりがあるなら、あたしも祝儀の仲間に入れておくれよ」

とお蓮にいった。帳面をとり出し、寸法はと訊ねる。

「浪右衛門の丈《たけ》は六尺はあるが、羽織の長さは長いだけいい。裾を引きずってもかまわねえんだ。芝居の石川五右衛門みたようなのがいいんだと」

「丈に注文がないなら楽だ。広袖《ひろそで》の派手なのをみつくろっておきますよ」

勧進相撲には必ず間に合わせると伊兵衛は約束した。

五

当日、浪右衛門の初土俵を見ようとする人々が思いのほか大勢集まった。石場からは捨三、太平ほか数名、夜が明けるのを待ちかねて、早朝から稲荷横丁に顔をそろえた。古着屋の伊兵衛など万年の常連客も十人を超える。万年は総見《そうけん》と決めて店を休みにした。ちょうさんの弥三郎の姿は見えない。

捨三を先頭に気勢を上げて稲荷横丁を出発する。一の鳥居をくぐって馬場通りを歩くと、早くも寄太鼓が前景気をあおる音がきこえてきた。富岡八幡の境内には力士の四股名を染めぬいた幟が林立している。

「早く幟が立つように、浪の野郎も出世してもらいてえもんだ」

捨三がまわり中にきこえるような大きな声でいった。石場の連中が土俵下のよく見える場所をとった。筵《むしろ》を敷き、お重を並べて、徳利を立てる。お重の料理は板前の清次郎が前夜からこしらえておいた。車座になり、早くも酒盛りがはじまる。高い櫓《やぐら》の上で呼び出しが寄太鼓を打ち鳴らすばかりで、力士たちの姿はいっこうに見えなかった。

日が高くなると朝酒の酔いがまわる。捨三が辛抱ができず、肘をついて横になったころ、力士たちが境内に入ってきた。荒滝一門をしたがえた荒川正右衛門の姿を見て、見物人がざわめく。錦の羽織袴に、長い白柄《しらつか》、朱鞘《しゅざや》の太刀を佩《は》き、肩を揺すって歩く姿は、力士よりも目を引いた。荒川の派手好みは、相撲好きなら知らぬ者はなかった。あとにしたがう荒滝は突き出た太鼓腹で袴の絵がかくれている。荒川から拝領の紋付羽織を着て、鞘に螺鈿《らでん》を飾った脇差を差している。一門の弟子たちはまわしに長羽織だった。表地は地味な無地の木綿だが、裏地に絹を使い、山水を染めた贅沢《ぜいたく》な長羽織を着ている弟子もいる。

古着屋の伊兵衛が膝で立って首を伸ばし、一門のしんがりを歩く浪右衛門に目をこらす。

「見てくれ。浪右衛門のあれは、あたしが仕立てさせたんだ」

と指さした。長羽織の生地は兄弟子たちと同じだが、丈がひときわ長く、裏地は絹こそ使わないものの、白地に青海波《せいがいは》の模様がちらりと見える。お蓮は仕立てを伊兵衛に任せていたから、初めて浪右衛門の長羽織を見た。捨三も身を乗り出して眺め、

「おお、よくできた」

と伊兵衛を褒めた。

土俵の正面にこしらえ桟敷《さじき》に神官とならんで荒川が坐る。仙台の伊達《だて》、秋田の佐竹、

肥後熊本の細川といった、いずれも名だたる相撲好きの諸侯の江戸屋敷の用人が名代《みょうだい》としてつぎつぎに桟敷に上がった。

神事があって土俵を清めてから、前相撲がはじまった。お目当ての役力士が登場するまでは、のみ食いに夢中で土俵に背を向けている見物人が多い。荒滝一門が土俵下の西方の控えに顔をそろえるまでには、しばらく待たなければならなかった。

「浪、待ってました」

太平が立ち上がり、大声を上げた。お蓮や捨三も立ち、手を叩き、名を呼ぶ。

東方の控えに、仙台侯のお抱え力士の松島八十八《やそはち》一門が居ならぶ。呼び出しが浪右衛門を呼んだ。相手の力士が東方から土俵に上がった。背は高いが、痩せて腰が細く、浪右衛門のほうが体格はすぐれている。浪右衛門は逆上《のぼ》せていると見え、柏手《かしわで》を打って四股を踏む段取りをまちがえた。

「浪、落ちつけ。腹に力を入れろ」

捨三が必死の形相で怒鳴る。あんなに逆上せては力が出ないのではないか、とお蓮は心配した。しかし、取組みがはじまると、浪右衛門は立合い低い姿勢からぶちかまし、腰が砕けた相手をたった二突きで、土俵下に突き飛ばした。相手は肩と頭をしたたかに打ちつけ、気を失なった。みごとな初土俵の勝ち名乗りだった。

「見たかい。たった二突きだよ」

捨三はあたりを見まわし、自慢げに大声を放つ。太平が調子に乗り、

「殺しちゃなんねえぞ。少しは遠慮をしろや」

と野次を飛ばして笑わせた。乙吉と清次郎は雀躍《こおど》りする。下働きの治助は掌で鼻をこすり上げて泣き出した。お蓮は笑って治助を見ているうちに、涙が出てきた。

みなで喜びあっているうちに、荒滝一門の前相撲がおわった。浪右衛門は立ち上がり、土俵に一礼する。花道を引き上げようとして、突然土俵下を東方の控えに駈け寄った。

「なにをやってるんだ」

捨三や太平は思わず腰を浮かせる。荒滝一門の弟子たちがあわてて浪右衛門のあとを追った。

浪右衛門は松島一門の筆頭、般若松五郎《はんにゃまつごろう》に詰め寄った。般若は年は四十を過ぎているが、巧みな前さばきで浪右衛門の兄弟子に充分にまわしをとらせず、足技で勝っている。浪右衛門はなにか叫んでいるが、お蓮たちにはききとれない。松島一門が総がかりで浪右衛門をおさえつけ、足蹴《あしげ》にした。荒滝一門が駈けつけ、浪右衛門を救い出した。鼻血が流れ出し、浪右衛門の口から胸元まで赤く染める。土俵を汚さぬように兄弟子が浪右衛門の頭から羽織をかぶせ、引きずって行った。

お蓮は言葉を失ない、ただ呆然として眺めていた。

夜になってから、万年には捨三と古着屋の伊兵衛が残っていた。太平が捨三の使いで、本所富川町の荒川正右衛門の屋敷に事情をききに行っている。お蓮はふさぎこんで帳場から出ず、女中のお芳が二人の酌をしている。

浪右衛門の叔父の太左衛門が入船町の長屋から駈けつけた。店は戸締りしてあり、お蓮はしんばり棒を外して、太左衛門を入れる。ふるえながら、

「八がお手討ちになるってのは、ほんとかい」

と訊ねた。浪右衛門という四股名にまだ馴染めず、本名の八右衛門の八と呼ぶ。

「誰がそんなことをいっているんだい」

「入船町じゃもっぱらの噂だ。戸板に載《の》せられた亡骸《むくろ》を見たというのもいるんだ」

「ばかなことをいうもんじゃないよ」

お蓮は否定したが、不安になった。話し声をききつけて、捨三が廊下から店をのぞいた。

「入船町の叔父貴かい。まあ上がってくれ。いま本所へ太平をやって様子をきかせているところだ」

「お手討ちにゃならねえんですか」

「まだ、さっぱりわからねえ。じたばたしてもはじまらねえよ」

捨三は座敷に上がれとすすめたが、太左衛門は日雇《ひやと》いの川浚いから長屋にもどって、すぐに噂をきき、その足で万年に駈けつけたから身体中泥まみれだった。畳を汚すからと遠慮をして、小揚りに腰かけた。

「いったいなにがあったんで」

と太左衛門が問う。くわしいことはきいていなかった。

「実は、浪の野郎、初土俵に逆上せ上がって……」

相手方の般若松五郎という力士に、土俵下でつかみかかったと捨三が語った。般若
……と太左衛門はつぶやき、急に捨三にとりすがって、

「その力士は仙台様のお抱えだって。年恰好は……」

と問いかける。捨三の説明をきき、得心《とくしん》がいったようにうなずいた。

「八はみつけたんだ。やっとみつけたんだ」

と絞り出すような声でいい、肘を上げて腕で涙を拭う。

「なんのことだい。わかるように話しておくれよ」

お蓮がうながす。太左衛門は腕を下ろし、語り出した。こどものころに浪右衛門に稽

古をつけた人を、本人は隣人といっているが、実の父親だった。父親は相馬中村城下では名が売れた草相撲の力士で、若いころは江戸に出て前相撲までとったという。十年ほど以前に相馬領小高《おだか》の神社の奉納相撲で、仙台からきた飛熊《とびくま》という力士と一番の神旗をあらそい、櫓投《やぐらな》げという大技で勝った。その晩、勝利のお神酒《みき》に酔って帰る途中、数人の男に闇討ちされ、棒でめった打ちにされた。父親は三日生きていたが、太左衛門と浪右衛門に下手人《げしゅにん》は仙台の飛熊とはっきり告げたという。

「飛熊というのは変名で、どこの誰とも正体はわからねえ。八方手をつくして、江戸で力士になっているときいたんです。八はどうでも敵を討つといってきかねえ。そのときはまだ十《とお》ですぜ。おれと八は土俵で飛熊を見ているから、忘れやしねえ。見ればわかる。おれは次男坊の厄介叔父《やっかいおじ》だから、故郷《ふるさと》を捨てて江戸に稼ぎに出たのが五年前、そのあとから、八が追って出てきたというわけです」

一人相撲の大道芸は飯の種はもちろんのことだが、人が多く集まる場所に出て、敵にめぐりあいたい一心だったと太左衛門は語った。

「なんと敵討ちかい」

「十のこどもが、健気《けなげ》なもんだねえ」

お蓮と捨三は顔を見合わせた。

「命がけで精進するというのも、それをきけばわかる。親の敵を探すんだからな。それで、般若が敵の飛態だってのは、まちがいねえんだな。抱え主は仙台様だから、まちがえました、ごめんなさいじゃすまねえ。浪の野郎もおれも下手をすれば首が飛ぶんだ」

捨三が太左衛門に念を押した。

「八が見て、そうだというならまちがえっこない。あいつは敵の顔、相撲の取り口を一日たりとも忘れたことはないんだ」

太左衛門は断言した。

間もなく太平が本所からもどってきて、浪右衛門の様子を話した。乱心者ということで、親方の荒滝の預かりになっているという。

「お旗本の屋敷内のことだから、殿様の虫の居どころひとつで、どうなるか知れた話じゃねえが、破門はまちげえねえようです」

と太平が語ると、太左衛門はがっくりと首を垂れた。

六

捨三は悄然《しょうぜん》と肩を落として万年にきた。その朝、浪右衛門の親代りとして本所富川町に行き、荒川正右衛門の屋敷の門を叩いたが、浪右衛門にも親方の荒滝にも会うことはできなかったのである。帳場でお蓮がいれた熱い茶をすすりながら、

「門前払いだ。門番に鼻薬をきかせて、どうやら無事だということだけはわかったがな。相手がお旗本ときちゃ敷居が高すぎらあ」

と弱音を吐いた。

「嘆願書《たんがんしょ》を書いたらどうなんだろう」

「なんだい、それは。おれは字は書けねえよ」

「困ったねえ」

お蓮にもいい知恵は出ない。捨三はお蓮の顔をとりすがるような目つきで見ていたが、ふと思いついて小膝を叩いた。

「ちょうさんがいたじゃねえか。痩せても枯れても直参《じきさん》旗本のお家柄だろう。なにか手だてがありそうなものじゃねえか」

「そのちょうさんが、ねえ」

どこへ行ったか、いつ江戸に帰るのか、皆目《かいもく》わからない。お蓮は藁《わら》にもすがる思いで、ともかく手紙を書いて、小石川の屋敷に届けることにした。

「敵討ちなんだ。そこんところをよく書いてくれ。浪右衛門は悪くねえんだから」

「わかっているよ」

捨三を待たせておいて、お蓮は弥三郎あての手紙の文案を考えた。自分や店のことを書くべきではないといいきかせたが、ついよけいな言葉をはさんでしまう。紙を何枚も無駄にし、畳を汚して、富岡八幡の勧進相撲で浪右衛門がひきおこした騒動と、その原因となった父親の殺害、浪右衛門の敵討ちの素志《そし》を書き上げた。封書にして宛名は弥三郎、署名は石場の捨三とした。

捨三が小石川に手紙を届けて稲荷横丁にもどったのは、夜になってからである。帳場に入って長火鉢の前に坐ると、

「やかましいな」

捨三は顔をしかめる。万年は今晩も繁盛している。浪右衛門のことで気が揉めているだけに、座敷で騒ぐ声が耳障《みみざわ》りだった。

「年寄りの侍に、手紙はたしかに渡した」

「その人は、梶間様といっていなかったかい」

「名前はきいていねえ。若様がどうのこうのといっていた。どうやらちょうさんは、御屋敷では若様と呼ばれているらしいぜ。手紙を渡すときに、敵討ちのことをよく話しておいた」

「それは気がきいたね」

捨三はさすがに疲れて、珍しく酒も料理もことわり、駕籠を呼んで石場に帰って行った。

翌日から毎日、昼過ぎになると太平が様子をききに万年に通ってきた。

「ちょうさんは」

と問い、お蓮が首を横に振ると、肩を落として帰る。その繰り返しだった。五日目になると、訪れる太平の顔にも、あきらめの色が浮かぶ。やはり小石川に手紙を書いたのは無駄なあがきだったか、とお蓮も思いはじめていた。

手紙を届けてから六日目、その日は朝早く太平がきて、閉めてある店の戸を叩いた。なにごとかといぶかしんで、お蓮が戸をあけると、青い顔をした太平が立っていた。

「たいへんなことになった。浪右衛門が危ねえ」

「いったい、どうしたんだい」

「松島八十八が富川町に浪右衛門を出せと押しこんだんだ」

松島は仙台侯のお抱え力士で、浪右衛門が敵と狙う般若松五郎の親方である。力士が旗本屋敷に押しかけるなどというのは、仙台侯のあと押しがあってのことだ、とお蓮にも見当がつく。

「勧進相撲を汚されたと松島は怒っているんだ。仙台様のうしろ盾があるから、強気だよ」

ことが旗本と大名の意地の張り合いに発展しては、下々《しもじも》の者には口をはさむ余地はない。

ところがその日の昼過ぎ、小石川から梶間辰之助が万年を訪ねてきた。表に供の若侍を待たせたまま、お蓮にすすめられて座敷に上がり、まず用件だとことわって、

「弥三郎さまは行方知れずでな。手紙は大事な用件らしいから、拙者が中をあらためさせてもらった。いちおう主人に相談したが、力士の敵討ちに深く感じいって、孝行息子である、なんとか志をとげさせたい、とおっしゃる。後日手紙を組頭にお見せしたところ、斡旋《あっせん》の労をとろうとおっしゃったそうだ」

弥三郎の兄の小松将監がどのような役についているのか、組頭というのは誰か、お蓮は知らない。しかし、手紙が役に立ったのはまちがいないらしい。

「親代りの捨三をすぐに呼べ。荒川さまが目通りをお許しになるそうだ」

「ほんとうでございますか」

「よく事情をお話し申し上げるのだ。実はあの手紙には拙者は心を打たれた。荒川さまもわかって下さるだろう」

梶間の言葉に、お蓮はむくわれた思いで、涙ぐんだ。

荒川正右衛門の屋敷は門を固く閉じていた。騒ぎのあった勧進相撲の日から、ちょうど一月《ひとつき》が過ぎた。屋敷の庭につくられた土俵のまわりに、荒滝一門が控えている。松島一門は親方の松島八十八が控えているが、ほかに人はいない。

騒ぎの原因が敵討ちにあることを知って、伊達家は腰が引けた。力士同士のいさかいに当家はかかわりを持たないという立場である。家来はいうまでもなく、親方以外は弟子が相撲に立ち会うことも許さない。

主《あるじ》の荒川は稽古場が見わたせる縁側に床几《しょうぎ》を置き、士道の奨励のためとして二人の子息を脇に坐らせている。捨三は浪右衛門の親代りのために格別の配慮をもって庭の片隅で見物することを許された。

松島と荒滝の話し合いで、名目は般若松五郎の出稽古《でげいこ》ということになっている。抱え主の伊達家の暗黙の了解があることはいうまでもない。捨三は荒滝から前もって、

「般若は勝っても負けても松島一門から破門されると決まった。破れかぶれでかかってくる。どちらも土俵で命を落としても、文句はないという約定《やくじょう》だ」

ときいている。万が一浪右衛門が投げ殺されたら、その亡骸《なきがら》を背負って帰る覚悟だっ

た。

行司はいるが呼び出しはいない。静まり返った中で、般若が松島にうながされて土俵に上がり、締めこみを両手で叩いて音を立てた。浪右衛門の背を荒滝が力一杯張って気合を入れる。立ち上がった浪右衛門の顔は真っ赤だった。浪右衛門は土俵に上がり、まず荒川正右衛門に一礼した。思いのほか落ち着いているように見えた。

「やっ」

「おう」

と気合をかけて両者が立ち上がる。浪右衛門が突っ張って出るが、般若は下から手をあてがって勢いをそぐ。土俵際をまわって浪右衛門に正面から当たることを避け、機を見てもぐりこんだ。

般若が得意の双差《もろざ》しとなる。浪右衛門は般若の締めこみに手が届かず、やむなく両脇に腕《かいな》を抱えこんだ。背丈は若い浪右衛門がはるかに勝る。両者はそのまま動かなくなった。

般若が足技を狙って腰を振る。浪右衛門は満面を朱に染めて渾身の力で般若の両腕を締めつける。双差しの般若がかえって苦しくなり、腕を抜こうとするが抜けない。浪右衛門は寄らず、引かず、土俵の中央に仁王立ちとなり、閂《かんぬき》に決めた腕を締め上げた。

それが命綱と覚悟を決めたようだった。

般若が苦しくなり上体が伸びた。浪右衛門は力をゆるめない。肘が抜ける音が土俵下にきこえた。

「ぎゃっ」

と般若の悲鳴が響きわたる。浪右衛門は般若の脚を撥《は》ね上げ、担ぎ上げて投げた。土俵下に落ちた般若は動かない。亡き父親ゆずりの大技、櫓投げだった。

「おれは飛び上がったよ。荒川の殿様の御前だってことも忘れて踊りまわっちまった」

捨三は稲荷横丁にもどってから、万年の座敷に浪右衛門を心配して集まった人々の前で話した。富岡八幡の勧進相撲に浪右衛門の初土俵を見に行った人々はすべて顔をそろえている。早くから膳の仕度はととのっていたが、捨三の顔を見るまでは箸を手にとらず、重苦しく黙りこんでいたのだった。

「それで、浪はどうやって勝ったんだい」

古着屋の伊兵衛が話をうながす。捨三は膳で囲んだ座敷の真ん中に出て、立合いから浪右衛門が櫓投げを決めるまで、その動きを再現して見せる。女中のお芳と一緒に銚子を盆に林立させて運んできたお蓮が、敷居のところで捨三の姿を見て、

「まるで一人相撲だね。小父さん、明日から三十三間堂に出たらどうだい」

と冷やかす。ちげえねえと頭をかいて、捨三は自分の膳にもどった。

「うれしいねえ。今日は店のおごりだよ。樽の底までのみ干してくれ」

とお蓮はいった。浪右衛門は荒川正右衛門から褒美をいただいた。精進を重ねて、いずれ江戸相撲の天下をとれと言葉をかけられたそうである。般若は四股名をとり上げられ、浴衣一枚の無一物で、江戸から出て行かなければならない。肘がぬけた身体で生きて行くのは容易でなかろうと、捨三はもらした。

太左衛門が入船町から呼ばれ、捨三の隣に坐ったが、感激してただ泣くばかりだった。お蓮は珍しく乱酔した。誰かを突き飛ばしたり、馬鹿野郎と罵《ののし》ったり、はては抱きついたりしたおぼろげな記憶があるのだが、よく覚えていない。というよりも、思い出したくない。お蓮は翌朝はひどい二日酔いで、蒲団から頭を上げられなかった。

猫の盗賊

一

内風呂から揚《あが》ったお蓮は洗い髪を赤い紐《ひも》でまとめて、浴衣の肩から前へ垂らした。帳場で待っていた女髪結いのお久米は坐ったお蓮のうしろにまわり、髪を梳《す》いていたが、

「ちょっと、いいかい」

と声をかけると、お蓮の髪を揚《あ》げて巻き、「びんだらい」という箱の抽出《ひきだ》しから大きい目の櫛をとり出し、髪に差した。お久米はお蓮に手鏡を持たせ、

「ほら、ごらんなさい。よくお似合いだこと。いつかもいった通り、お蓮さんには櫛巻《くしまき》が似合うんですよ」

といった。お蓮は手鏡をしばらく見て、

「やめとくよ。いつものにしておくれ」

という。お蓮は色白で目が大きく鼻すじが通って、派手な顔だちだが、櫛巻にすると

その印象がいっそう強くなる。

「これで羽織を着たら、芸者だよ」

手鏡を置いてつぶやいた。

「そうかい。惜しいねえ」

お久米は未練たっぷりにいい、櫛を外してお蓮の髪をほぐした。髪をいじりながら、

「干鰯場《ほしかば》に女の幽霊が出るって話、きいたことあるかい」

と語りかける。そこは元木場《もときば》の内で、筏《いかだ》や船が水面を覆いかくすほど寄せ集められている油堀《あぶらぼり》に沿った小松《こまつ》町の一画を、土地の者は干鰯場と呼んでいる。そのあたりは干鰯問屋の土地で、河岸《かし》に荷揚げされ干物《ひもの》を売りさばく小さな店がならんでいる。西横川の水路がこみ入り、いくつもの橋がかかって、迷路のようになっていた。

「お化けの話は嫌いだよ」

「じゃあ、よそうかね」

話さないといわれるとききたくなるのが人の情である。お蓮は話のつづきをうながした。

「小網町《こあみちょう》に住んでいた職人の一家で、干鰯場の長屋に引越してきたのがいるそうです。引越してきてすぐ、隣に住む人が、老婆の声で、お前たちはここにいたのかい、方々尋

ねまわって、やっと探しあてたよというのをきいたんだって。知りあいが訪ねてきたと思って、その晩は気にもとめなかったんだけど、翌朝隣は雨戸を締め切ってひっそりしている。雨戸の破れ目から中をのぞくと、一家四人、固まって坐っていた。おかしいと思って声をかけると、目に隈《くま》をつくったおかみさんが出てきて、幽霊に祟《たた》られている。助けてくれって、とりすがるんだそうですよ」

「いやだ。晩にきたお婆さんが幽霊だったのかい」

「小網町にいたころからつきまとわれていて、それで干鰯場に逃げてきたんだってさ」

「引越しても追いかけてくるのかい。執念だねえ」

「長屋の連中がその一家に同情して、幽霊の正体を暴《あば》いてやろうと若い人たちが隣に集まったんだってさ。中には面白半分の人もいただろう。夜中に、年寄りの声で、もう寝たかい、上がらせてもらうよっていうのがきこえたそうだ。数が多いし、元気づけの酒も入っているから、若いのがそろって、わっと飛び出した。家に入ろうとする年寄りを叩いたら、煙みたいに消えたそうだよ」

「それきり出ないのかい」

　お蓮の前の鏡に映ったお久米がうなずく。

「朝早く油堀に猫の死体が流れついたから、それが化けたって話もあるんだけどね」

お久米がそう話したとき、台所で女中のお芳が、

「泥棒猫」

と叫んだ。物を投げる音がする。板前の見習の乙吉の声で、

「あっちへ逃げやがった」

ときこえた。お蓮は腰を浮かせ、

「およしよ。放っときな」

と台所に向かっていった。

「だって、目刺《めざ》しをくわえて逃げたんですよ」

お芳が不服そうに言葉を返す。

「化けられたら、いやじゃないか」

お蓮が小声でいった。

お久米が帰ったあとで、お蓮は板場をのぞき、清次郎に干鰯場の幽霊の話をきいたことがあるか、と訊ねてみた。

「ききましたよ。物好きなのが、暗くなると干鰯場に見物に行くそうで」

と清次郎は笑いながらいう。お蓮が知らなかっただけで、噂は広まっているらしい。

干鰯場の怪談は、そのうちにただの噂話ではすまなくなった。お蓮が噂をきいてから三日たった晩、永代橋に近い佐賀町の油《あぶら》商小松《こまつ》屋に盗賊が押し入った。小松屋は油商が本業だが、両替商《りょうがえ》の株を買って、小口の両替をしていて、そちらのほうが実入りはよかった。

永代橋につづく通りは道幅が広く、両側に大きな店が並んでいるから、夜中に戸締りをしたあとは、真っ暗で人通りもない。路地を入った裏通りはもっと寂しい。小松屋の勝手口は裏通りに面していた。

勝手口の戸を叩く音がして、

「お前たちはここに住んでいたのかい。ずいぶん探したよ。あけておくれ」

と外から呼びかける者がある。利七《りしち》という三十なかばになる手代《てだい》が、戸の内側から、

「どなた。もう夜ふけですから、明日にしてくれませんか」

と答えた。

「この声を忘れたかい。薄情だねえ」

と老婆の声がした。利七は主人藤兵衛《とうべえ》の親戚か知り合いが急用ができて訪ねたのだろうと思いこみ、内から鍵を外して戸をあけた。すると、黒い布で面を包み、黒ずくめの着物に股引を穿《は》いた男が三人、利七を突き飛ばして踏みこんできた。

ひとりが匕首《あいくち》を利七の喉元に突きつけ、もうひとりが片手で火縄をまわして円を描きながら、

「店の者をみんなひとところに集めろ。騒ぎ立てると命がねえぞ」

と脅した。利七がいう通りに主人藤兵衛をはじめ、女房、子、小僧を揺すり起こして座敷に集めると、盗賊は手ぎわよくみなを縛り上げて猿轡《さるぐつわ》をかませ、寝所に置いてあった金箱をさらって逃げた。

翌晩、万年に酒をのみにきた古着屋の伊兵衛が、お蓮にその話をしてきかせた。

「両替商だったら、ずいぶん貯《た》めこんでいたんだろうね」

とお蓮が問いかける。小揚りに居合わせた客たちは、猪口《ちょこ》を持つ手をとめて、きき耳を立てた。伊兵衛の古着屋は小松屋と同じ町内で、永代橋の通りのつづきである。

「いくらかっさらわれたのか、はっきりきいちゃいないんだが、当座に出し入れする銭ばかりで、たいした金高《かねだか》にはならないそうだ。不幸中の幸いというんだろうね。死人も出なかった。翌朝になって、手代が自身番屋《じしんばんや》に駈けこんで、町内が大騒ぎになったんだよ。それでね……」

伊兵衛はひと呼吸おいて、小揚りの客たちの身を乗り出させ、

「朝、勝手口の外に、鈴のついた首輪が落ちていたんだと」

といった。

「猫かい」

お蓮ばかりでなく、小揚りに居合わせた客も女中のお芳も、干鰯場の幽霊話を思い浮かべて、ぞっと総毛だった。

「いやだよ。ほんとうの話かい」

「嘘だと思ったら番屋をのぞいて見なよ。猫の鈴が置いてある」

伊兵衛の口ぶりはどこか得意気に感じられた。他人の災難を近くで見ると、吹聴《ふいちょう》したくなるのが人情である。居合わせた客が小声で、

「やっぱり猫が化けたのかねえ」

「干鰯場の幽霊だろう」

と語り合った。

物騒《ぶっそう》な話のあとだから、その晩の客の上がりは早かった。お蓮は早目に店を締め、下働きの治助夫婦にいいつけて、念入りに戸締りをさせた。

二

前日は一日中雨が降りやまなかった。昼の間はそうでもなかったが、夕方から土砂降《どしゃぶ》りになり、晩の客はひとりもいなかった。深川あたりの茶屋や料理屋では、客がいないことを遊郭の言葉を真似て、お茶を挽《ひ》くという。お茶挽き女郎から転じて、嫁の口がからないお転婆娘はお茶っぴいである。万年は稲荷横丁では繁盛している店だが、それでも前の晩のように、お茶を挽く日が年に何日かはある。

つぎの日も、雨だった。お蓮は今日もだめかとあきらめて、帳場で絵草子を眺めていた。戸があく音をきき、絵草子を膝に置いたとたんに、お芳のはずんだ声がした。

「あら、ちょうさん。おひさしぶりですね」

お蓮は帳場の障子の間からすかし見た。いきなり飛び出して行っては、沽券《こけん》にかかわる。意地があった。

弥三郎はあいかわらず、黒の着流しを尻はしょりし、大小を差して雪駄履き、頬かむりをしている。どこで借りたか、破れた傘をさしていたが、破れ目から滴《しずく》が垂れて、肩はびしょ濡れだった。傘をすぼめて戸口の横に立て掛け、頬かむりをとる。

「あら、もうのんでるんですか」

とお芳があきれたような声を出す。

「そんなんじゃねえや」

弥三郎の声が、弱々しくきこえた。

「だって、お顔が真っ赤」

とお芳がいう。

「揚《あが》らせてもらうよ」

という声をきいて、お蓮はようやく帳場から出た。弥三郎は上がりかまちに腰を掛けていた。

「いらっしゃい」

「おお」

と答えて顔を向ける。お芳のいうように赤かった。片手を上げて、肩を揺すったと思うと、そのまま三和土《たたき》にくずおれた。

「ちょうさん、どうしたんだね」

お蓮は裸足《はだし》のまま三和土に下りた。背をまるめて倒れこんだ弥三郎を揺り起こそうとする。手が顔に触れると、熱い。顔が赤いのは熱のせいだった。

お蓮の声をきいて、清次郎が板場から顔をのぞかせる。

「どうしました」

「ちょうさんが、たいへんだ」

お蓮の声がうわずった。清次郎は乙吉を呼んだ。二人で弥三郎を助け起こし、清次郎が背負い、乙吉が尻を押し上げて二階へ運ぶ。

「着物がびしょ濡れだ。お嬢、乾いた浴衣でもねえかい」

清次郎がいう。石場の捨三が酔いつぶれて泊るときのために用意してある浴衣を持って、お蓮は二階に上がった。清次郎と乙吉が二人がかりで大小の刀を脇に置き、濡れた着物を脱がせたところだった。

「なんだい、これは」

お蓮は悲鳴に近い声をあげた。弥三郎の裸の上半身には大小の古傷が無数といってよいほどある。一目で刀傷と知れた。お蓮は見てはいけないものを目にした気がして、顔をそむけ、乙吉に浴衣を押しつけると階下《した》に下りた。

お蓮が桶に井戸水を汲んで二階に運んだときには、弥三郎は浴衣に着替え、蒲団に寝かされていた。お蓮が手拭いを絞って額に乗せると薄く目をあける。

「すまぬ、すまぬ」

ふだんとちがって、侍言葉にもどっていた。目はあけたが、よく見えていないらしい。

「お医者を呼んどくれ。本道《ほんどう》（内科）じゃなくちゃ。そうだ、高橋《たかばし》の原宗信《はらそうしん》さんがいい。急いどくれ」

とお蓮は高橋にまで届きそうな大きな声を出した。

小名木《おなぎ》川に架かる高橋の常盤町《ときわちょう》側の袂《たもと》に、原宗信という医師が住んでいた。稲荷横丁からは遠いが、亡くなった父親の代から、本道といえば原と決めていた。名医かどうかは知らないが、お蓮は原宗信の顔を見ると安心できるのである。

乙吉が宗信を呼びに行き、駕籠に乗せてもどってくるまで、お蓮は弥三郎の枕元に坐り、額の手拭いを洗っては絞った。手拭いはすぐになまあたたかくなった。

宗信は這い上がるように二階に上がった。六十を過ぎ、頭はまるめて、白い顎鬚《あごひげ》を長く垂らしている。小柄な身体を覆いかぶせるようにし、弥三郎の瞼《まぶた》の裏や舌の色を見た。ひととおり見ると、お蓮に目くばせをして、階下に下りた。帳場に坐り、茶をすすって、

「熱が高い。雨に打たれたのがよくなかったな。熱さえ下がってくれればよいが」

とつぶやくように、わきを見ながらいう。相手の顔を正視しない癖があった。

「悪い病気ではないでしょうね」

「ここが……」

と肺のあたりをおさえて見せた。

「ぜいぜいと音がするのが気がかりだが、お若いし、もともと芯が強そうだ。薬を進ぜるが、寝かせておきなさい。目が覚めても、二日は起きてはならぬ。いいかね」

宗信はお蓮に背を向けて手元をかくし、手提げの薬箱の抽出《ひきだ》しから粉薬をとり出して、調合した。紙に包んで、お蓮の膝の前に置き、夜と朝一包ずつのませるよう指示して、

「それにしても、ひどい疲れようだ。いったいなにをなさったのかな」

と訊ねる。

「店に入るとすぐ倒れて、あとはあの通り。なにもきいていないんですよ」

「見たところずいぶん日に焼けて、足は肉刺《まめ》だらけ。しばらくろくに物を食べていないようだ。おそらく遠くから、それも忙しい旅をして参られたのではないかな。ひどい疲れようだ。眠るのが、一番の薬だな」

熱のために顔が火照《ほて》っているから見過ごしたが、いわれて見ると弥三郎の顔は日に焼けていた。日焼けだけではなく、埃がしみついたように汚い色になっていた。

小石川の屋敷から用人の梶間辰之助が弥三郎を探しにきたことと、一月あまり行方をくらましたあげくに倒れるほど疲れて帰ってきたことは、つながっている。きっと余人には明かせない用事をすませてきたのだろうとお蓮は考えた。

宗信が帰るころには雨が上がった。夕方には空が夕焼けに染まった。前の晩大雨で足どめされた、その楽しみをとり返そうとでもするかのように、一の鳥居の通りには人が溢れ出た。稲荷横丁にも人が流れこみ、どの店も繁盛した。万年には客が引きも切らず、お蓮は座敷と帳場、板場を追いまくられるように動いた。やっと暇を見つけて二階へ上がり、弥三郎の様子を見ると、暗がりの中で蒲団は動こうとしない。心配になって鼻の前に手をかざすと、息はしていた。

「生きてるんだ」

ひとりごとをつぶやいたとき、

「死にゃしねえよ」

弥三郎が答えた。目を覚ましていたらしい。

「寝るのが薬だって、お医者がいっていたよ」

と声をかけて、お蓮は蒲団から離れた。

翌朝早くお蓮は弥三郎の様子を見に行った。弥三郎は頭から蒲団をかぶり、軽くいびきをかいている。夜中に目が覚めて喉がかわくといけないから、徳利に水を満たし茶碗と一緒に盆に載せて枕元に置いてある。お蓮が徳利を揺すって見ると、半分ほどに減っていた。その音で弥三郎は目を覚ました。

「枕元に徳利が置いてあるから、寝酒にちょうどいいと思ったら、水だ。味気ないねえ」

声はかすれているが、力はもどったようだった。

「そんな減らず口を叩くようなら、少しはよくなったんだ」

「世話になったな。助かったよ」

弥三郎は身を起こそうとしたが、まだ頭がふらつくらしい。お蓮が背中に手をまわして抱き起こした。寝汗で浴衣が濡れている。お芳を呼び、新しい浴衣と手拭いを持ってこさせた。

「汗を拭こうか。濡れたままだと身体に悪いよ」

手をさしのべると、弥三郎は自分でやるとことわった。

「傷を気にしているんじゃないかい。悪いけど、昨日濡れた着物を着替えさせるときに見てしまったから、もう驚かないよ」

弥三郎は浴衣を見て、はじめて着替えたことに気がつき、そうかとつぶやいた。お芳に手伝わせて弥三郎の濡れた浴衣を脱がせる。たくましい胸に残る無数の傷痕をはじめて見たお芳は、悲鳴をあげた。

「あたしもはじめて見た昨日は驚いたよ。どうしたらこんな傷がつくんだろうね」

どの傷も浅く、ただ赤黒い線を引いたように見える。

「おいらは十四の歳から、神田弁慶橋の剣術道場の内弟子になった。あんまりいたずらが過ぎたから、根性を叩きなおしてやれと父上は思ったんだろうよ。師匠は美濃部主膳《みのべしゅぜん》という浪人で、無人《むじん》流という流行《はや》らねえ流儀だ。道場じゃ木刀を使うが、内弟子のおいらには真剣で稽古だ。十四のこどもが真剣勝負だから、怖いや。白刃《しらは》の味に馴れれば怖くない、と無茶なことをいって、毎日斬られた。それがこれだよ」

弥三郎は傷痕を指でさすった。

「ひどいことをする師匠だね。それでいまは真剣が怖くないのかい」

「怖くないはずはねえ。誰だって命は惜しい」

「そうだろう。命は大切にしなくちゃ」

お蓮は弥三郎の身体を拭き、新しい浴衣を着せかけた。弥三郎は口は元気そうだったが、やはりまだ回復はしていず、すぐに横になり、目をつむった。

昼過ぎに見習の弟子を供に往診にきた原宗信は、

「だいぶよくなった。熱は下がった。だが、まだ無理は禁物《きんもつ》。外出はいけないといってくれ」

とお蓮にいい、薬を置いて帰った。弥三郎は宗信を追うように二階から下りてきた。壁を手で支え、膝に力が入らないのが、見るからに危《あやう》い。

「あぶなっかしいねえ。起きちゃだめじゃないか」

お蓮が叱言《こごと》をいうと、弥三郎は外のほうへ指さきを向けた。

「藪《やぶ》医者、なんていってた」

「宗信先生は藪じゃありませんよ。罰が当たるよ。ほんとうに」

外出は禁じるという宗信の言葉を伝えると、弥三郎はつまらなそうな顔をした。自分の体力はわかり、納得しているのである。

その晩、石場の捨三が太平をつれて万年に顔を出したころには、弥三郎はだいぶ元気になっていた。捨三はひさしぶりに弥三郎の顔を見て喜び、座敷に向き合って坐ると、さっそくお芳に酒を催促する。その声を耳にしたお蓮が、お芳と帳場から声をかけた。

「ちょうさんにお酒は毒だよ、今晩はお粥《かゆ》だけ」

「どうしたんで」

と捨三が声を上げる。お芳は少し大袈裟に、弥三郎が死にかかって、万年に倒れこんだと話した。

「死にかけたはねえだろう。ちょっと目がくらんだだけだ」

と弥三郎がいう。

「だって、たいそうな熱だったんですよ。うわごとをいってたんだから。お蓮、お蓮って」

「置きやがれ。大人をからかうんじゃゃねえ」

弥三郎の声に追われるように、お芳が手の甲で口元の笑いをかくして台所に逃げて行った。

ほかの座敷の客に酌をしてまわり、話がひと通りすんでから、お蓮は捨三たちの座敷に行った。弥三郎が酒をのむのではないかと心配していたが、猪口は膳に伏せられ、料理にもほとんど手をつけていなかった。捨三が盗賊の話をしている。

「伊勢崎町《いせざきちょう》の隠居屋敷だってよ。日本橋通町《とおりちょう》の大店《おおだな》の隠居が妾《めかけ》を囲っているんだそうで、小金を貯めこんでいると下調べがついていたんだね」

お蓮は捨三の隣に坐り、酌をしながら話に耳を傾けた。

「夜ふけに家の外で、お前さん、ここにいたんだね、ずいぶんほうぼう探しまわったよ、と婆さんらしい声がしたんだとさ」

そこまできいて、お蓮はえっと声を上げた。

「それはいつのことだい」

「一昨日《おとつい》、大雨の晩さ」

「それじゃあ、佐賀町の油屋さんと話がまったく同じじゃないか」

「その通りだ。戸をあけると黒ずくめの盗賊が押しこんで、隠居と妾、女中を縛り上げた。金は盗《と》ったが、人は殺していねえ。佐賀町と同じ手口だ。たてつづけだよ」

「まさか伊勢崎町でも、翌朝猫の鈴がみつかったんじゃないだろうね」

お蓮は顔色を変え、捨三の手首にとりすがった。

「みつかった」

「おお、いやだ」

黙って話をきいていた弥三郎が、

「いったい、どういうことになっているんだ」

と口をはさんだ。お蓮は弥三郎に向き直り、干鰯場の怪談と、佐賀町の油商の盗賊の話を順を追って話してきかせた。病み上がりで元気がなかった弥三郎の目が輝き出す。

「ほうぼう探したよと幽霊が訪ねてくるのかい。それは気味が悪いな」

「気味が悪いだろう」

思い出すだけで怖くなるというようにお蓮は肩をすくませる。

「だが、盗賊のほうは、人を馬鹿にしていやがる。鈴を置いて行くなぞ、けれんが過ぎる。そんなふざけたやつらに、深川を荒らされてたまるか」

弥三郎は怖い顔をした。

三

朝まだ暗いうちに、お蓮は寝床で裏の井戸の釣瓶《つるべ》の音をきいた。滑車がまわり、水音がきこえる。弥三郎が冷たい水を浴びているのである。お蓮には懐しい音のような気がした。

朝の早いおさんが起き出して台所へ出て行く。その足音をきいて、ようやくお蓮は寝床から出た。台所で顔を合わせたおさんに、弥三郎はと目顔で訊ねる。

「もうお出かけですよ」

という答えが返ってきて、お蓮は驚いた。

「熱が下がったばかりじゃないか。出歩いてもいいのかね」

おさんにいってもしかたがないが、つい苦情めいたいいかたになった。

「元気そうだったけど。お若いから、治りも早いや」

おさんは当たり前のことのようにいった。

弥三郎はその朝、干鰯場へ幽霊の話をききに行ったのである。昼過ぎには帰ってきて、お蓮を相手にその話をした。幽霊を幽テキという。君子は怪力乱神を語らずという教えを守り、少しも怖れていない。

「干物《ひもの》問屋で近所の噂話をくわしくきいてきた。あれから幽テキは毎日出るとさ。夜昼かまわずだ。祟《たた》るのは職人の女房ばかりで、亭主やこどもは、影も見ねえそうだ。幽テキはしつこい婆さんで、女房が髪を結おうとすればその手をつかんで邪魔をし、飯を食おうとすれば箸を払い落とす。眠れば耳元でぐずぐず愚痴をいって起こす。女房は参ったろう」

「いったい、なんの祟《たた》りだろうね。やっぱり猫が化けたんだろうか」

お蓮は真顔で問いかける。なかば化け猫のしわざと信じていた。

「猫はかかわりがねえ。誰かがおもしろがって付会《ふかい》したんだろうよ。祟られた一家の住む長屋の近くに、富士講《ふじこう》の行者が住んでいて、女房はその行者のところへ通って、一心に念仏を唱えているそうだよ。そうしたら……」

「出なくなったのかい」

「そういう話だ。なんだかお行《ぎょう》の広めに一役買ったみてえなもんだ。あまり真に受けねえほうがいい」

お蓮は弥三郎の話をきいて、薄気味悪さは消えたが、同時になんだか味気ない気もした。

弥三郎はお芳が運んできた茶漬を焼いた目刺しをおかずにしてかきこむと、すぐに腰を上げようとする。

「どこへ行くんだい」

「石場へ行って捨三に会ってくる」

お蓮は弥三郎の手をとって坐らせた。

「およしよ。病み上がりで動きまわったら、また病《やま》いがぶり返すよ。お医者がそういっていたじゃないか。小父さんに用があるなら、迎えをやって、向こうからきてもらうからさ」

「そうかい」

弥三郎はまだ体力に自信がないと見えて、存外《ぞんがい》素直にお蓮のいうことをきいた。少し考えて、

「勝手なことをいうようだが、迎えをやるなら早いほうがいい。晩方《ばんがた》はまずい」

といった。

「それなら、乙吉を石場に行かせるよ。いまなら暇だから」

お蓮は板場から乙吉を呼び、使いを頼んだ。乙吉はすぐに飛び出して行き、捨三を呼んできた。昼下がりの、客のいない小揚りに弥三郎と捨三は坐り、話しこんだ。

「例の一件、町奉行所はどう動いているんだい」

と弥三郎が訊ねる。

「佐賀町の一件も伊勢崎町の一件も、後手後手にまわったから、いまのところなんの動きもなし、というところだね。だいたいお奉行所は深川のことには、あまり手を出したくねえんだ」

寺社の多い土地柄で、もとは漁師町である。土地のいざこざは地元で解決するという気風がある。門前仲町をはじめ、岡場所の見番《けんばん》では、自分たちで夜廻りを出して、盗賊を警戒していると捨三は語った。

「石場でも、人足に提灯《ちょうちん》を持たして廻らせているんですよ。ほかの町内でも、火消しの頭に頼みこんで、鳶口《とびぐち》をかついで廻らせているそうで。これなら盗っ人もうかつには動けねえや」

「その夜廻りだが、盗賊が出たら、おいらにいの一番に知らせてくれねえか。おっとり刀で馳せ参じるから」

「いいんですかい。病み上がりでしょう」

弥三郎はお蓮にきかれないように、目くばせをした。捨三は察しよく、

「それならどうです。石場においでなせい。夜廻りからの知らせも早く届く」

帳場のほうを気にしながら、小声でいった。


松平伊豆守《いずのかみ》、松平阿波守《あわのかみ》の広大な下屋敷がある越中島《えっちゅうじま》は古石場《ふるいしば》と呼ばれる武家の拝領地と、新石場《しんいしば》と呼ばれる町家《まちや》に分かれている。新石場はもともと地名があらわす通りの石置場だが、ちかごろは深川七場所と称される岡場所で知られるようになった。新石場の子供屋は楼《ろう》の数はせいぜい五、六軒だが、女郎の数は多く、値が安いので人気があった。捨三は岡場所のある盛り場からは離れた石置場の人足や石工《いしく》が暮らす町に住んでいる。


弥三郎が捨三の家に着くと、すぐに太平が人足数人をひきつれて会いにきた。岡場所の見番《けんばん》からも人を出して、人足と一緒に夜廻りをするという。

「怪しい連中をみつけたら、ただじゃすませねえ。化け猫でもなんでも、叩き殺してやる」

と息まいた。石場の人足たちは、盗賊が化け猫だと信じて疑わないのである。

新石場は深川の南の端で、海に近い。まわりは大名屋敷と広い空き地で、町家は小さ

くまとまっているから、夜廻りも苦労ではなかった。捨三は新石場の夜廻りは見番の若い者にまかせて、太平にひとり人足をつけ、永代寺界隈から北のほうまで廻らせることにした。

弥三郎が捨三の家に寝泊りするようになってから三夜目、月の明るい晩だった。太平と一緒に夜廻りに加わっていた喜太八《きたはち》という十七になる人足が、息せき切って捨三の家に駈けこんだ。黒江町の堺屋《さかい》という炭屋《すみ》で、やはり銭両替《ぜにりょうがえ》の副業をしている家に盗賊が押し入ったというのである。

「ここにいたのかい。ほうぼう尋ねまわったよ。あけておくれ」

と老婆の声がして戸を叩いたというのが、いままでの二件の盗賊と同じだった。

「よし、案内しろ」

弥三郎は尻はしょりして頬かむり、大小の刀を落とし差しにして、捨三とともに家を出た。芦のおい茂る川っぷちを駈けて蛤町を抜けると水田が広がる。稲は穂を伸ばし、月が水田に映っている。門前町の大行院《だいぎょう》という寺の裏側に町並みがあり、提灯の明りがちらほらと見えた。

堺屋は町外れにあり、もとは農家だったので家はそのままの造りで、門があり、庭が広い。十人ばかりの男たちが遠巻きにしていた。手代らしい中年の男が寝巻のまま、遠巻きにした男たちの間を走りまわり、しきりになにごとか訴えている。男たちは手代の話はきくが、屋敷に踏みこもうとはしない。

弥三郎と捨三は男たちに歩み寄った。人垣の中から、太平があらわれた。

「いったい、このありさまはなんだ」

と弥三郎が声をかけた。太平は弥三郎を男たちから離れたところへつれて行った。

「盗っ人が中にいるんだが、踏んごめねえんですよ」

「なにをぐずぐずしていやがるんだ」

「あれを見なせい」

太平が門の内を指さす。頭巾をかぶった武士が、槍を立て両脚を踏ん張っている。

「あれは誰だい」

「お旗本のなんとかという人なんだが、わけがわからねえ」

拙者はこの家の主に貸し金がある、それを返させるまでは一歩たりとも動かぬ、そういって夜廻りたちが中に入るのを邪魔しているのだと太平がいった。

手代は弥三郎に気づき、駈け寄ってとりすがった。

「盗っ人が蔵の中にいるんです。ふん捕《づか》まえてください」

手代は盗賊三人に踏みこまれ、命をとると脅された。盗賊は一家の者すべてを縛り上げ、手代に匕首《あいくち》を突きつけて、金箱を出せと迫った。手代は機転をきかせて、金箱は蔵の中にあるといって盗賊たちを蔵に誘いこみ、隙を見て逃げ出した。外から錠を下し、門から走り出て、泥棒とふれまわった。ところが、夜廻りの人々と一緒にもどって見ると、頭巾の武士が仁王立ちになっていたのである。手代の話から、そこまでわかった。

「自身番屋には訴えたのか」

「駈けこんだんですが、お旗本がからんでいるときいたら、誰も出てこねえ」

手代に代って太平が答えた。

「腰ぬけぞろいだ。辰巳《たつみ》のいなせが泣くぜ」

深川っ子はいなせといって、いきのよいのが自慢である。弥三郎は門をくぐり、槍の武士に歩み寄った。

「なにか用か」

頭巾から目ばかりを出した武士が、低い声を出す。

「この裏の蔵ん中に、鼠が三匹いるんだ。退治するから、どけてくれ」

「そのようなことは知らぬ。拙者はこの家の主人に貸し金がある」

武士は譲る気配がない。槍は鞘《さや》を払ってあり、鋭い穂先が月光に光った。弥三郎は武士の足の構えを一瞥《いちべつ》して、槍術《そうじゅつ》の心得があると見てとった。

「名をきこうか」

と弥三郎がいうと、

「そちらから名乗れ」

と応じる。小松弥三郎と名乗ると、

「知らぬな。いずれ素浪人の変名であろう。相手にならぬ」

鼻で嗤《わら》った。弥三郎は武士に背を向けて、捨三のもとにもどる。

「やっつけねえんですか」

捨三は当てが外れた顔をした。

「旗本には旗本、くわせ者にはくわせ者の対処があらあ。正体をつかむまでは、うかつに手は出せねえ」

太平を呼び、耳元になにごとかささやいた。それから夜廻りたちに、

「蔵の裏には廻れるかい」

と問いかける。

「裏は田んぼで。畦《あぜ》を行きゃわけはねえ」

ひとりが答えた。道に面した門のほうからは、蔵の一部がのぞくだけだった。

「盗賊はどれほど蔵ん中にとじこめているんだ」

「かれこれ一刻《いっとき》（約二時間）になります」

手代が答える。

「裏を見てこい」

弥三郎は夜廻りに命じた。三人ばかり裏の水田のほうへ駈け出して行く。やがて両手を振りまわしながら駈けもどった。

「やられた。逃げやがった」

蔵の高窓の格子が内から鋸《のこぎり》で切りとられ、長い綱が垂れ下がっていたのである。その声を耳にしたとたんに、頭巾の武士は鞘を槍先にかぶせ、

「またくる」

といい捨てて門を出て行く。

「ふてえ野郎だ。ただじゃすまさねえぞ」

捨三が武士の背中に罵声《ばせい》を浴びせたが、振り向きもしなかった。

四

朝になって黒江町の堺屋のくわしい様子がわかった。手代の機転で金品の被害はなか

ったが、蔵の中に、借りは返す、猫、と血文字で書いた紙と鈴が残されていたので、一同ふるえ上がったという。新石場の見番でその話をきいてきた捨三は、

「ふざけた真似をしやがる。こうなったら、野郎どもを叩きのめして、自身番屋に突き出してやる」

腹の底から怒った。

太平が石場にもどったのは昼近くなってからだった。昨晩、弥三郎に命じられて、頭巾の武士のあとをつけたのである。

武士は黒江町から槍をかついだまま人目を気にする風《ふう》もなく一の鳥居の大通りに出て、八幡《はちまん》橋の下に待っていた猪牙船《ちょきぶね》に乗りこんだ。猪牙船は黒江川を遡《さかのぼ》り、仙台堀の上《かみ》の橋あたりで武士を下した。思いのほか船足が早く、太平は土手を走るのに汗をかいた。猪牙船を下りたのは、武士のほかに中間ひとり。槍は中間がかつぎ、二人は伊勢崎町の武家屋敷に入って行った。

「あきれたもんだ。こないだ押しこまれた伊勢崎町の隠居屋敷の近くなんですぜ。おれは仙台堀までもどって、上の橋の下で乞食《こじき》の真似をして夜明しときた。夜が明けてから、なにくわぬ顔をして伊勢崎町に行き、悪党が入った屋敷の名を近所できいてきた。れっきとしたお旗本だとさ。かんざきかずえのすけというそうです」

太平は手柄顔で報告した。読み書きはできないから、武士の姓名は音だけで覚えてきたのである。弥三郎は捨三から紙をもらい、筆と硯《すずり》を借りて、伊勢崎町神崎主計之助、と書いた。

「こうか」

と自問して、小首をかしげる。その名に心当たりはなかった。というより、弥三郎は昔から旗本の家名を覚えようとする気がなかった。同じ境遇の二、三男の中には、武鑑《ぶかん》を眺めて記憶することを趣味にしている者も少なくない。

「ちょっと出かける。晩に万年で落ち合おうじゃねえか。ひさしぶりにうまい肴《さかな》で一杯やりたくなった」

弥三郎はそういって出て行った。

捨三と太平は暗くなる前に稲荷横丁へ行き、万年でさきに酒をのみはじめた。弥三郎が着いたのは暮六つ（午後六時ごろ）の鐘が鳴ってから、だいぶ過ぎたころだった。弥三郎は大きな風呂敷包みを担いでいた。お芳を呼び、

「すまねえが、皺《しわ》を伸ばして衣桁《いこう》に掛けといてくれ」

と頼んだ。小石川の屋敷から、羽織、袴と着替えを持ってきたのだった。お蓮が目ざとくそれを見て、

「どうするんだい」

と訊く。

「馬子《まご》にも衣装ってね。これを着りゃおいらだってりっぱな武士に見える」

といって弥三郎は笑った。膳が運ばれるとさっそく猪口を手にとり、お蓮が酌をするのも待ちかねたように、首を伸ばして口から酒に近づく。

「われながら意地汚ねえ姿だが、これで禁酒が七日目だもの」

指折って日数をかぞえ、おお生き返ったとつぶやいた。駈けつけ三杯とひとりごとをいって猪口を空けて、盃洗《はいせん》で洗って捨三に与える。捨三にお蓮が酌をしている間に、懐中から書きつけをとり出した。武鑑なら隅まで暗記している用人の梶間に書かせたものだった。

「神崎主計之助はたしかに伊勢崎町に拝領屋敷がある。年はまだ十八だとよ。家柄は三河以来で威張《いば》ったものだが、代々無能で小普請《こぶしん》組だ。禄つき、お役なし。お城の普請のたんびに手当をとられ、一生飼い殺しの身分だ。しかも当主の主計之助は父親が早死にしたから、十歳で幼年家督だ。家ん中ではこどもの殿様だぜ。こういうのが、一番始末に負《お》えねえ。小さなときからぐれて、いまじゃ小普請組の中でも札つきの悪党だそうだ」

「旗本奴《やっこ》ってやつだね」

　とお蓮がいう。

「まあ、一歩まちがえば、おいらもそうなっていただろうよ。そういうごろつき旗本だとわかれば、こっちにも出方《でかた》がある」

「どうするんで」

　捨三は猪口を置き、居ずまいを正した。弥三郎の顔をみつめる。

「大手門《おおてもん》から堂々と討ち入りよ。小細工はいらねえ」

　ちょいと、とお蓮が手を上げて打つ真似をした。

「危い真似はやめておくれ。負けいくさでみんなが逃げてきたって、閂《かんぬき》をかって城内に入れやしないからね」

　冗談に紛《まぎ》らわしたが、顔は真剣だった。


　翌朝、弥三郎は太平を供にして、伊勢崎町へ行った。捨三は少しあとから、ついて行った。神崎の屋敷の築地塀《ついじべい》は土が崩れて、犬くぐりの大きな穴があいている。門の屋根の瓦《わ》は破れ、庭木も手入れがされずに生い茂るにまかせてある。廃屋同然の荒れようだった。古びた門扉に朝日が当たり、いっそうわびしさが増している。

「お頼み申します。お頼み申します」

太平は声を張り上げる。しばらく待たせてから、門の内で、なに用かなと声がかかった。

「小石川から参りました。廻状をお届けに参りました。ご開門願います」

小普請組の仕事といえば、かたちばかりの連絡の廻状をまわすばかりである。そういえば疑わず門をあけると、弥三郎が教えた。脇の小さな門があき、門番の中間《ちゅうげん》が顔をのぞかせる。羽織、袴の武士が立っているので、納得して門を大きくあけた。弥三郎は門番の胸を片手で押しのけ、中に入った。

「なにをする」

大きな声を上げる。

「黒江町からきた。借りを返すそうだが、返してもらおうか」

弥三郎は門番に構わず玄関先まで歩をすすめた。太平はいつでも逃げ出せるように門から離れない。

「騒がしい」

と怒鳴りながら、若い武士が玄関に出てきた。十八歳の年齢にしては体格ががっしりして肩幅が広い。いかにも腕力が強そうに見える。

「力を持て余して悪事に走るか」

弥三郎がいった。その声と姿に、主計之助には思い当たるところがあり、顔に動揺が走る。黒江町の盗賊の仲間にまちがいないと弥三郎は確信した。

「なにごとか」

声とともに、主計之助の背後に二つの顔が並ぶ。いずれも十七か十八ほどの年頃で、ひとりは鼻の頭と額に大きな面皰《にきび》をこしらえている。

「類は友を呼ぶ。悪たれがそろいやがった」

弥三郎がそういったとき、二人が庭に飛び出し、脇差の柄に手をかけた。

「うかうかと迷いこんだな。ぶった斬られても文句はいえんぞ」

武家の屋敷に勝手に入りこめば、切り殺されても不平はいえない。主計之助が家の中に駆けこみ、すぐに槍を小脇にして出てきた。庭の奥で犬が吠える。野良犬が住みついているらしい。

「手前らも、盗っ人仲間か」

「なにをいうか」

二人の若侍は顔を見合わせる。二人は主計之助の遊び友達だが、どうやら盗賊の仲間ではないらしい、と弥三郎は見た。それならば、二人は命がけで刃向《はむか》う理由も度胸もないはずである。

「神崎とつるんでいると、手前らも切腹だ」

二人の目が気弱く泳いだ。そのとき、

「ちょうさん、うしろだ」

太平が叫ぶ。背後から門番が六尺棒を振り下した。足を送ってかわし、たたらを踏んでよろめいた門番の手首をつかみ、ひねり上げると同時に棒を奪う。門番の身体が宙を舞い、背中から落ちた。

「えいっ」

気合とともに、主計之助が槍を突いて出る。胸板を突こうとする槍先を、弥三郎は体をひらいてかわした。主計之助は槍を手操《たぐ》り、脚を開いた低い姿勢から、すり足で間合を詰める。弥三郎の太腿を貫く勢いで突き出された槍先を六尺棒が払った。払った勢いのまま押し下げる。槍先が地を刺し、主計之助は突くも引くも自由にならなくなった。

「おうっ」

弥三郎は腹の底から気合を発し、槍を踏みつけた。主計之助は手をしびれさせ、思わず槍を放す。弥三郎の棒が鳩尾《みぞおち》の急所を突き、主計之助は背をまるめて前のめりに倒れた。腹をかかえ、苦痛に身悶える。

「手前らもやるかい」

弥三郎は棒の中心を握り、頭上でまわした。二人の若侍の顔色が蒼白になり、脇差の柄を握りしめたまま後ずさりする。

「ほれ」

足元をめがけて棒を振りまわすと、若侍は飛び上がり、玄関に逃げこんだ。入れ替って小走りに庭に出てきたのは、三十なかばの女だった。細面のととのった顔だちで、眉を落とし、歯に鉄漿《かね》をつけている。一目で主計之助の母親とわかる。

「なにをなさる。無体《むたい》な真似は許しませぬ」

と叫びながら、主計之助をかばい、覆いかぶさった。弥三郎は母親に背を向ける。気を失なっている門番の手首をつかみ上げ、指に小さな刃物傷をみつけた。

「血文字はこいつの仕業《しわざ》にちげえねえ」

と太平に声をかけ、門番の背中を蹴って、活を入れた。息を吹き返した門番を刀の下緒《さげお》で後《うし》ろ手に縛り上げ、縄尻を太平に持たせる。弥三郎は門から出るときにちらりと振り返り、親を泣かせやがって、とつぶやいた。門番は門を出たとたんに、逃げようとして太平に体当たりした。太平は縄尻を引き、足をからめて倒す。門番は抵抗をあきらめた。

門番は二十歳《はたち》になるかならずの若さである。弥三郎を睨《にら》み、ふてくされた顔をした。

「手前、なんという名だい」

と問いかけても答えない。

「だんまりか。渡《わた》り中間だな」

弥三郎は鈴がついた紐を懐中からとり出し、門番の首にかけた。

神崎の屋敷を出て、大名屋敷の長い塀に沿って行くと、霊巌寺《れいがんじ》の境内の松が見えてくる。海辺大工町《うみべだいくちょう》に隣あう道の角に、自身番屋があった。

太平が自身番屋に門番を突き出すのを、弥三郎は大名屋敷の塀に背をもたせかけて見ている。人通りはなかった。やがて太平がひとりで出てきて、せいせいしたといいたげな顔をして、手を叩いた。

「町内の隠居屋敷と黒江町の盗賊の片われだ。よく吟味して、押しこまれた家の者に首《くび》実検《じっけん》させてくれといっときましたよ」

「そうか。神崎のほうは、小普請組の頭にまかせるしかねえな」

弥三郎は浮かぬ顔だった。主計之助の母親が気になるのだった。

五

神崎の屋敷で暴れたのが悪かったたか、弥三郎はその日熱を出して寝こんだ。医師の原宗信は、

「身体の芯の疲れがとれていないところへ無理をしたからぶり返した。そもそも、少しばかり調子がいいと思って、大酒なんかのむものではない。毒です。酒は身の毒です」

白い顎鬚をふるわせ、叱りつけるようにいって帰った。弥三郎は万年の二階でしばらく養生することになった。

「しかたがないわ。お前さまの縞の財布を預かっているんだもの。いくら入っているか知らないけど、まだ半分残っている。前払いしてもらったつもりで、安心して世話をするよ」

お蓮は弥三郎が肩身の狭い思いをせずにすむように、気をつかった。

「茶漬屋の居候というのもあまりきいたことがねえな」

と弥三郎は笑ってから、咳をした。

二日たった昼過ぎ、捨三が万年に顔を出した。客がたてこんでいた。捨三はお蓮に二

階を指さして見せる。弥三郎に用があるというのである。捨三が台所から二階へ上がると、蒲団はもう上げてあり、弥三郎は腹這いになって、岡場所の細見《さいけん》を刷った薄い草子《そうし》を眺めていた。

「のん気にそんな物を見ている場合じゃねえんですぜ」

捨三は腹を立てている。弥三郎は草子を畳に放り投げ、身を起こした。

「門番の野郎、お解き放ちになったんで。太平は歯がみして口惜《くや》しがっているよ」

捨三は弥三郎がまるで張本人のように怖い顔をする。

弥三郎と太平が伊勢崎町の自身番屋に突き出した門番は、隠居屋敷の妾と黒江町の炭屋の手代が首実検して、たしかに盗賊の片われだと自信を持って断言した。手代は一緒に蔵に入り、近くで顔を見ているから、その証言は疑えない。同じ手口の盗賊の被害にあった佐賀町の油屋の訴えと合わせて、三人分の口供書《こうきょうしょ》をつけて、月番《つきばん》の南町奉行所に訴え出たのである。ふつうなら、門番を牢に入れて、きびしい調《しら》べがはじまるところだが、その晩のうちになぜか門番は解き放たれた。

「生き証人までいるてえのに、なんでそういうことになるんだい。そんな法があるかい」

捨三は怒りがおさまらない。

「まずいな。当てが外れた」

 弥三郎は舌打ちした。町奉行所で門番の吟味がすすみ、神崎主計之助が黒江町の油屋にいた動かぬ証拠が出れば、小普請組の頭に直談判して、主計之助を糾問させるつもりだったのである。肝腎の門番が解き放たれてしまったのでは、その目論見は水の泡と消えた。

「打つ手はねえんですかい」

「いまのところは……」

弥三郎は両手を上げて、万歳の仕草をする。お芳が階段を上がり、小揚りが空いたと知らせた。捨三は茶漬、弥三郎は医師の宗信の指示でまた粥にもどっている。二人は黙りこんで箸を動かした。

二人が箸を置いたとき、太平が店に躍りこみそうな勢いで入ってきた。膳を見て、

「こんなときに悪いが」

とことわり、弥三郎の耳に口を寄せる。

「門番がみつかった。八幡橋の橋桁《はしげた》にひっかかっていたそうだ」

「なに」

弥三郎は思わず声を放ち、腰を浮かせる。居合わせた客たちが、なにごとかと顔を向

けた。捨三は太平の顔色からそれと察して、

「出かける。すぐそこだよ」

と女中のお芳にいい、雪駄を履いて外に出る。急なことで、弥三郎は無腰《むごし》のまま捨三と太平を追って店を出た。

一の鳥居の大通りを永代橋に向かって歩き、黒江町に入ると間もなく、八幡橋にさしかかる。橋の袂《たもと》に人だかりがしていた。黒江川の水かさは少なく棒杭《ぼうくい》が突き出て土手の下は土がむき出しになっている。死体に筵がかけられ、目明しが見守っていた。町奉行所の役人はまだきていなかった。

三人は土手の下に下りて行った。目明しは捨三とは顔見知りである。捨三が歩み寄り、手ですくう真似をすると、目明しは黙って筵の端を上げ、死体の顔を見せた。太平と弥三郎がのぞきこむ。

「やっぱりそうでしょう」

太平は弥三郎に同意を求める。さっき一度見ているが、ひとりでは心もとなかったのである。

「伊勢崎町の神崎という屋敷の門番だ。まちがいねえ」

弥三郎がいう。門番の首から胸にかけて、袈裟《けさ》がけに斬られた深い傷があり、骨が見

えていた。門番は殺されて川に捨てられたと見える。

「それなら、ゆうべお解き放ちになった渡り中間だな」

と目明しがつぶやく。

「知ってるのかい」

捨三が問いかけた。目明しがまわりにきこえぬように気を配って、

「総左《そうざ》と呼ばれていたが、札つきのごろつきだよ。いつかはこんな目にあうと思っていたぜ」

と吐き捨てるようにいう。橋の上を歩く町奉行所同心の黒い羽織が見えたのを汐《しお》に、弥三郎たちは土手を上がった。同心は目明しになにごとか耳打ちした。目明しは腰を折り、うなずく。三人が肩をならべて一の鳥居のほうへもどりかけると、目明しが追いかけてきた。

「石場の親父《おや》っさん」

と呼びとめる。捨三に追いつき、

「仏のことだが、なにもきかなかったことにしてくれ。頼むよ」

片手拝みをして見せる。同心に釘をさされたらしい。

弥三郎と捨三が二階に上がったきり下りてこない。お蓮は気になって茶を運ぶのを口実に様子を見に行った。二人は額を突き合わせてなにごとか語りあっている。

「あれ、男が二人、真っ昼間からおこもりでしんねりと、気持が悪いね」

お蓮は盆を置き、敷居はまたがずに廊下に坐った。

「よせやい」

捨三が顔を向ける。

「なにを相談しているか、おおかた見当はつくよ。だけど難しいことはお役人にまかせておけばいいんじゃないかい」

とお蓮がいう。弥三郎は首を横に振った。

「悪い性分《しょうぶん》だが、間尺《ましゃく》に合わねえことがあると、どうしても寸法をはかり直したくなるんだ」

「そうだったねえ。小父《おじ》さんは真《ま》っ直《つぐ》なお人だ。よけいなことをいったあたしが、悪かったよ」

お蓮は片手をついて斜めに頭を下げ、階下に下りた。捨三はそれから間もなく帰り、弥三郎は残った。

翌日、お蓮は女髪結いのお久米と門前仲町と山本町に架かる猪口橋《いのくちばし》のそばの金勝宮《きんしょうぐう》に参拝に行く約束があった。お久米の話では、金に勝つという二文字が縁起がよいという評判で、ちかごろ商売の人がよく拝みに行くという。それも十日二十日がいいという話だった。

猪口橋は稲荷横丁からさほど遠くない。帰りは八幡様にまわろうと相談して、迎えにきたお久米とお芳を加えて女三人、万年を出た。

一の鳥居の大通りを歩き出したとき、お久米が、

「ちょいと」

とお蓮に声をかけた。

「なんだい」

「いま追い越して行った二人連れがいるだろう。あの二人、お店の前で様子をうかがっていたよ。あたしがお店に入ろうとすると、顔をそむけたから、気味が悪いと思っていたんだよ」

「気のせいだろ。急いでどこかへ行くじゃないか」

ひそひそと話し合っているうちに、二人は料理茶屋の間の路地に消えた。

「なんだ」

とお蓮が安堵《あんど》のため息をもらしたそのとき、二人の男が滑り出すようにあらわれて立

ちはだかった。ひとりは頬骨が出て、目つきが険しい。前をはだけて晒《さらし》を見せた着こなしは、一目で堅気《かたぎ》ではないと知れた。ひとりが素早く三人の背後にまわって逃げ道をふさぎ、頬骨の出た男は薄笑いを浮かべながら近づく。懐手《ふところで》にしているのが、気味が悪かった。男が懐から手を出すと、右手に剃刀《かみそり》が握られていた。

「よさねえかい」

と声がかかった。男は剃刀を袂にかくし、あいかわらず薄笑いを浮かべながら、遠ざかって行く。声をかけた男が歩み寄った。

「その節は世話になったね」

中間の円次郎《えんじろう》だった。万年とは因縁《いんねん》があり、お蓮に恨みをもっている。いまの野郎は

……、と男たちの消えた方向へ顎をしゃくり、

「本所じゃ鼻つまみの乱暴者らしいぜ。危なかったね、女将《おかみ》。お隣のお姉さんも。二人のきれいな顔に傷がつくところだったじゃねえか。よけいなことをするなと居候のちょうさんにいっておくんだな」

しまいには凄みをきかせた。お芳がおびえて泣き出す。円次郎は口を歪《ゆが》めて憎々しく笑い、小走りに去って行った。

お宮参りどころではなくなった。三人は急いで稲荷横丁にもどる。板前の清次郎が、

「忘れものかい」

けげんそうな顔をする。お芳は泣きやまない。

「それどころじゃないんだよ。ちょうさん」

お蓮は二階の弥三郎を呼んだ。下りてきた弥三郎に、いま起きたできごとを話した。

「そりゃ怖い思いをしたな」

「怖いなんてものじゃなかったよ」

「とうとう猫が化けたか」

弥三郎はお蓮には意味がわからないことをつぶやいた。

「化けるってのは、なんだい」

「手を出すなと脅すのは、向こうに弱みがあるからだよ。旗本のどら息子を仲間に引き入れて盗賊の真似をしたことを、手前から白状したようなもんじゃねえか。あいつらも、怖えんだよ」

弥三郎の言葉をきいているうちに、お蓮には怖いものがないような気がしてきた。

虚無僧《こむそう》行列

一

万年の勝手口に虚無僧が立ち、尺八を吹いた。虚空《こくう》を風が吹きわたるような嫋々《じょうじょう》たるしらべが、高く低く流れる。しかし下働きのおさんには、尺八の音はただうっとうしいだけで、戸をあけて、

「はい、はい、お布施《ふせ》を上げるよ。だから早く行っとくれ」

と意地悪くいい、紙でおひねりにした小銭を渡そうとした。虚無僧は受けとらず、尺八を袋に入れて腰にもどし、

「お蓮さまにお目にかかりたい。本所石原町《いしはらちょう》の堀《ほり》に縁《ゆかり》がある者だと申せば、わかる」

といった。お蓮にさまをつけて呼ぶのをきいたのは、おさんははじめてで面くらった。

「本所の堀さんだね。お前さまはなんて名ですか」

「俗名《ぞくみょう》を申しても御存知あるまい。本所石原町の堀といえば必ずわかる。とりついで

くれ」

お蓮に会うまでは引き下がらぬという気迫を、おさんは虚無僧から感じて、たじろいだ。突き出したおひねりを袂《たもと》にもどして、台所に駈けこみ、帳場に声をかける。

「女将《おかみ》さん、裏に妙な虚無僧がきているんだよ。お蓮さま、とさまをつけたよ。本所石原町の堀といえばわかるというんだけどね。会うかい。二階のちょうさんを呼んで追い返してもらうかい」

お蓮は帳場から出て、堀といったかい、とおさんに確かめた。そのまま勝手口に出る。

「蓮でございます」

いつもの伝法《でんぽう》ないいかたとちがい、御殿女中のような言葉づかいになっている。きいているおさんは驚いた。

虚無僧は天蓋《てんがい》という笠をかぶって顔をかくし、藍《あい》色の無地の着物を着ながしにして、黒漆《くろうるし》の高下駄を履《は》いている。着物の裾は女物のように綿を入れてふくらませてある。昔は虚無僧寺は勇士のかくれ家といったものだが、当節はなよなよとした風俗になった。

虚無僧は天蓋をとり、顔を見せた。白髪まじりの髷は結わず、うしろで束《たば》ねて垂らしている。五十に近い年に見えた。

「俗名を栗林《くりばやし》藤《とう》右衛《え》門《もん》と申す。お蓮さまには屋敷で二、三度お目にかかっておるが、お見忘れでしょうな。ただいまは、龍雲軒《りゅううんけん》と申す」

「お名前は存じ上げませんが、お顔には覚えがございます。かれこれ十年も昔になりますが……」

しおらしく話す。ふだんのお蓮を知るおさんから見れば、言葉づかいも物腰もまるで別人である。立ちぎきしてはいけない気がしておさんは台所にかくれた。昼には間があり、店はまだあけていないが、板場は仕込みで忙しい。板前の清次郎が乙吉を叱り飛ばす声がきこえた。

お蓮は龍雲軒を招き入れ、店の小揚りに案内した。女中のお芳が気をきかせて、茶を運ぶ。人払《ひとばら》いを求めてから、

「他言をはばかる話でござる。お家の名にかかわります」

と龍雲軒がささやく。お蓮は屏風《びょうぶ》を立てて台所に声が届かないようにした。

「若君はことし十七になりましたが、このと申す女中と情を通じ、お屋敷から駈け落ちなさいました。このは十六ですが、殿御寵愛《ごちょうあい》の女中でございます」

堀家の国元は信州飯室《いいむろ》で、二万石の小大名である。当主左馬介《さまのすけ》はことし五十一になるが、人形のような少女を愛玩する癖があった。女中のおこのは、左馬介の好みに合ったらしい。この春左馬介は参勤交代で国元に帰り、本所石原町の下屋敷にいた三男元五郎《げんごろう》

が、父君留守《ちちぎみ》の間に女中おこのと相思相愛の仲になり、手に手をとって駈け落ちしたという。

龍雲軒は下総国《しもうさ》小金《こがね》の一月寺《いちげつじ》の番所という格式である。平井村の田んぼの中に建つ、茅屋《ぼうおく》というべき粗末な虚無僧寺だった。藤右衛門がその寺を預かり、寺の名を名乗っている。俗世にあったときは、五十石どりの江戸定府《じょうふ》の御供目付《おともめつけ》という役についていた。屋敷内では御子様《おこさま》目付と軽んじられる、いってみれば子守り役だった。十年ほど前、主君の怒りを買って致仕《ちし》し、家督を嫡子《ちゃくし》に譲り、思うところあって虚無僧になった。

「元五郎君《ぎみ》が五つ、六つのころまで拙者は御供をしておりましたから、覚えておられたのです。拙者を頼られ、平井村に落ちのびておいでになりました」

平井村の龍雲軒に、二人ともかくまっているという。主君の左馬介は暴君《ぼうくん》というべき人柄だから、江戸から駈け落ちの報告が届けば、ためらうことなく若い二人に刺客をさし向けるだろう。なんとか助けることはできないかというのが、龍雲軒の相談だった。

「そのような秘事をわたくしごときに打明けてよろしいのでしょうか」

「お蓮さまの人となりは屋敷で見ききをしておりました。宿下がりのあとのことも、耳にしております。ほかに頼れる縁《よすが》がありませぬ」

左馬介は旧主とはいえ俗世の人だから、もし龍雲軒に無理を押し通そうとすれば、江戸中の虚無僧が力を合わせて守り通す。だが、女のおこのをいつまでも龍雲軒にかくまっているわけにはいかないというのである。

話をきくうちに、お蓮はおこのが他人とは思えなくなってきた。十年前の自分だという気がしてきた。

お蓮は十四の春から、石原町の堀家の下屋敷に女中奉公に上がった。すぐに左馬介の手がつき、それこそ人形のようにかわいがられた。十六のとき懐妊したが、流産をして死にそうになり、典医《てんい》に二度と子は産めないといわれた。宿下がりを願い出て許されたが、もともと左馬介という殿様は子を産んだ女には興味がなかった。宿下がりの際に驚くほどの大金をもらったが、屋敷のことは外にもらさないという口止め料もふくまれていたらしい。その金を元手に、茶漬屋万年を出したが、女中奉公のことを他人に話したことはなかった。事情を知るのは石場の捨三のほかには、ごく少数である。

「そのおこのさんという人を、わたくしがお預かりすればよろしいのですね」

「そうしていただくと助かります。長くとも一月《ひとつき》、いや十日、お守りいただければ、手だてを講じることができます」

龍雲軒は両手をついて頼みこんだ。

昼下がり、手が空いたところで、お蓮は膳に銚子を二本立て、小鉢に残りものの肴《さかな》を盛って二階に上がった。弥三郎は所在なげに窓の外を眺めている。膳の銚子を見て、

「どういう風の吹きまわしだい」

といった。お蓮の酌で猪口に一杯のみ干し、

「いい酒だ。諸白《もろはく》だな」

と舌鼓《したつづみ》を打った。

「頼みがあるんだよ」

「そうくると思った」

「理由《わけ》はきかないで、手を貸してくれないかい。あたしを助けると思ってさ」

「例の虚無僧か。お芳たちが、お蓮さまとさま付けで呼んだ、あれはどういうことなんだと不思議がっていたよ」

「それも、あとで話すから、いまはなにもきかないでおくれ」

お蓮は手を合わせて頼みこんだ。

翌朝、お蓮は駕籠《かご》を雇い、平井村へ行った。お芳は駕籠の脇に付き添い、日よけの深《ふか》編笠《あみがさ》をかぶった弥三郎は少しあとから歩いて行った。

龍雲軒は田んぼの端の、うっかりすると物置き小屋と見あやまるほどの小さな萱《かや》ぶき

の家だった。細い柱の形ばかりの門が立ち扁額《へんがく》に龍雲軒と書いた文字が、かすれて読みにくくなっている。家の中から見えたらしく、声をかける前に、龍雲軒があらわれてお蓮を招き入れた。お芳と弥三郎は外で待った。

仏壇に燈明がともったやや広い座敷と、三畳ほどの板の間が二つ、へっついのある土間に煮炊きに使う鍋釜を転がした狭い家である。座敷に若君の元五郎とおこのが並んで坐っていた。まるで一対の雛《ひな》人形だった。挨拶をして顔を上げたお蓮は涙ぐんでいた。

「ごめんなさいまし。あんまりかわいらしくて、つい」

という。ほんとうは、痛々しいほどというところだった。

「龍雲軒から話をきいた。おこのを頼む」

元五郎が口をひらく。町場の十七の男にくらべると、ずいぶんと幼く見える。おこのは黙って、膝の上に重ねた指さきを見つめた。昔のあたしだ。お蓮は胸が熱くなった。

「では、さっそく」

と龍雲軒が急かせる。お蓮がおこのの手をとろうとすると、元五郎をすがるような目で見て、しばらく動こうとしなかった。

ようやくおこのを連れ出して駕籠に乗せる。ついて出た龍雲軒が離れて立つ弥三郎に油断のない目を向けた。

「あの方は」

「店を手伝ってもらっております。信用できるお方でございます」

それ以上龍雲軒は詮索しない。お蓮は駕籠の中にきこえないように、

「お二人をお離ししてようございました。思いつめると危のうございます」

とささやいた。龍雲軒も心中を危惧《きぐ》していたらしく、うなずいた。

深川にもどる長い道のりを、お蓮はずっと駕籠を気にして歩いた。駕籠かきが道の窪みに足をとられて揺らせば、すぐに大丈夫かと駕籠に向かって声をかける。しばしば休みをとらせ、垂れを上げては、疲れはしないかと問いかける。まるで箱入り娘を持った母親のように気をつかった。

お蓮はおこのを万年の奥座敷の自分の寝間に、蒲団を並べて寝かせるつもりだった。ところが万年にもどると、弥三郎が帳場へ顔を出して、

「二階を明け渡そうじゃねえか。おいらはどこかにねぐらを探すさ」

といい出した。

「それは困るよ。ちょうさんには同じ屋根の下にいてもらわないと、安心できないよ」

「それほどあの娘が心配なら二階に移せというんだ。奥座敷はなんといっても客が上がる座敷と廊下つづきだ。お前さんも四六時中貼りついているわけにもいくめえ。たまた

ま客と鉢合せしねえともかぎらねえし、あれだけの美形なら、うっかり姿を見られただけで噂が立つ。二階に置いて台所に見張りをつけとけばまちがいねえ。娘を夜這《よば》いから守るときゃあそうするもんだぜ」

「いやだね。たとえが悪いよ」

弥三郎のいうことにも一理あるとお蓮は思い直した。

「どこかにねぐらを探すといっても、そばにいてもらわないと心配なんだよ。あたしの寝間《ねま》で一緒というのは、どうだい」

「白粉《おしろい》くさくてうなされる。どうしてもこの家を離れるなというなら、蔵ん中でも庇《ひさし》の下でも、場所を探してくれよ」

「白粉くさいは御挨拶だこと」

「だが、ほんとうのことをいやあ、家ん中の玉を守るには、家の外にいてまわりを見わたせるほうが都合がいいんだ。おいらが二階におさまっていて、不意をつかれて踏んごまれたら、後手を踏む。虚無僧の顔色を見りゃ、そうとう切羽《せっぱ》つまっていそうだからな」

やはり見ぬかれているとお蓮は思った。しかしすべての事情を明かすことはできない。

「ちょうさんはけんか上手だからねえ。やりたいようにやっておくれ。おまかせだよ」

弥三郎はその言葉をきくと、二階に上がり、着物をひとまとめにして風呂敷で包むと、熱を出して倒れたときの身なりで、店から出て行った。

お蓮は清次郎と治助に、親戚の家出娘を預かることになったが、事情があるから他人にいったらいけないと釘をさした。

二

おこのは稲荷横丁につれてこられた日は、口数は少ないが表情は明るかった。自分の実家《さと》は武州多摩《たま》の百姓で、兄弟が七人いるなどと、お蓮には心を許して身の上を語ったりした。年の近いお芳が身のまわりの世話をするのを喜び、笑いあったりした。

しかし夜中は心細くなると見えて、泣き明かして翌朝は目を腫《は》らしていた。ふさぎこんで、お芳が二階に運ぶ食事にも箸をつけない。夕方から万年は忙しくなるから、お蓮は絵草子をおこのに与えておいた。

「お嬢さんが見あたらない。どこへ行ったんだろう」

二階に夕食の膳を運んだお芳が、足音をあわただしく立てて台所の階段箪笥《だんす》を下りてきた。

「なんだって、いないわけがないだろう。よく探してごらん」

お蓮はうろたえた。店に入ってきた客の応対に気をとられて、おこののことがおろそかになっていた。

押入《おしいれ》から雪隠《せっちん》まで家中を探したがおこのは見当たらない。店の者がみなそれぞれの仕事に気をとられて、おこのが見えなくなった魔の刻《とき》があったのである。

板場の清次郎と乙吉、膳を運ぶ女中のお芳の手は借りられない。下働きの治助とおさんにお蓮は声をかけて、おさんと二人でおこのを探しに出た。夕闇が迫っている。一の鳥居の大通りの人通りもめっきり減っていた。暗くなれば、素人《しろうと》の女が出歩く場所ではなくなる。

おさんは暗い永代橋のほうへ、お蓮は茶屋の灯がともる門前仲町のほうへ、二手に別れた。

「おこのさん、おこのさん」

声を張り上げて呼ぶ。不安で胸がおしつぶされそうになる。呼ぶ声がうわずった。岡場所へ向かう客たちが、おもしろがって、

「迷子かい。一緒に探してやろうか」

と声をかける。

「放っといておくれよ」

とお蓮が腹立ちまぎれに突っかかったとき、

「いたぞ、こっちだ」

弥三郎の声がした。八幡橋のほうから、おこのをつれて歩いてくる。

「おこのさん、よかった」

お蓮は小走りに駈け寄り、おこのを抱きしめた。おこのは泣きじゃくる。

「八幡橋の袂の暗がりで、川面を見ていたんだよ」

と弥三郎はつぶやく。身投げでもするつもりだったのだろうか。お蓮は背すじが寒くなった。

「寂しくなったんだよ。夕方は誰でもそうだ」

なぐさめるつもりか、弥三郎はおこのの肩に手を置いて、そんなことをいった。稲荷横丁にもどると、

「あとで顔を出す」

といって、弥三郎は角の入船《いりふね》という間口の狭い小料理屋に入って行った。

夜がふけて客が引き上げてから、弥三郎は万年にあらわれた。すでに入船でのんできたと見える。小揚りに坐り、酒を催促した。

「あんな所にいたのかい」

「横丁の出入りがよく見えて都合がいい。二階の間借りだ。だが、入船の亭主は強欲だな。四、五日貸せといったのに、ずいぶん吹っかけやがった」

だがそのおかげで、万年の勝手口から脱け出したおこのに気づいたのである。すぐには声をかけず、あとをつけたのは、もしや誰かが誘い出したのではないかという疑念があったからだった。

「助かったよ。ちょうさんはただの酔っぱらいじゃない。軍師だねえ」

お蓮はおだてて酌をした。いっときも離れたくないと思いつめて駈け落ちした二人を、身のためとはいいながら引き離したのだから、これからも気をつけなければならない、とお蓮は自分にいいきかせた。

表で尺八のしらべがきこえた。龍雲軒が吹いたのと同じ曲だった。弥三郎はしばらく耳をかたむけ、

「あれは虚空鈴慕《こくうれいぼ》だ」

とつぶやく。

「なんだい、れいぼってのは」

「虚無僧が尺八で吹く曲だよ」

尺八の音が近づき、戸になにかが当たる音がした。お蓮が出て見ると、戸の隙間に封書がはさんである。

お蓮は封書をひらいた。尺八は遠ざかり、きこえなくなった。

弥三郎は横を向く。龍雲軒の手紙だった。石原町の屋敷から刺客が放たれたと書いてある。刺客が狙うのは若君ではなく、おこのだった。

「ちょうさん、お読みよ」

お蓮は手紙を弥三郎の膝の上に置いた。

「いいのかい」

弥三郎はためらった。

「もうあたしの手にゃ負えないんだよ。読んでおくれ。そのかわり、読んだら一蓮托生《いちれんたくしょう》だからね」

「怖いことになったもんだ」

弥三郎は手紙に目を通す。手紙から目を放してお蓮を見やり、参ったなとつぶやいた。

「弱気なことをいわないでおくれよ」

弥三郎に助けてもらうならば、いきさつを明かさなければはじまらない、とお蓮は覚悟を決めた。本所石原町の堀家とのかかわりから、殿様の愛妾と若君の駈け落ちまで、かいつまんで話した。ただし、自分自身の身の上、殿様に見初められてお手がついたこと、子を流してもう産めない身体になったことまでは、どうしても話す気にはなれなかった。

「そうかい。お前さんが大名屋敷の奥女中だったとは驚いた。腰元姿を一度見たかったね」

「茶化すものじゃないよ。あんなかわいい娘の命がかかっているんだからね。あたしにゃ他人事《ひとごと》と思えないんだよ」

お蓮の目が潤んだ。


翌朝早くお蓮は乙吉を石場に走らせて、捨三を呼んだ。万年に弥三郎が待っていて、石原町の堀屋敷に貼りついて人の出入りを調べてくれと頼みこんだ。

「堀様だと」

捨三は弥三郎と並んで坐るお蓮をちらりと見た。

「昔の女中奉公の話は、ちょうさんにしてあるんだ。事情《わけ》あってくわしい話はできないんだけどね、ちょうさんの頼みをきいとくれよ」

お蓮の真剣な眼差《まなざし》を見て、ただごとではないと捨三は気がついた。

「わかった。一肌ぬごう」

「さっそくだが、人数を集めてくれ」

堀屋敷は三千坪の広さがあり、築地塀《ついじべい》が囲んでいる。河岸通《かしどお》りに面した表門、大川のほうを向いた裏門に、ふだんはあくことがないが丑寅《うしとら》（北東）の方角に不浄《ふじょう》門がある、とお蓮が語った。

「それぞれの門に二人ずつ見張り役、なにかのときに報《し》らせに走る役が二人、都合八人要《い》る」

と弥三郎がいった。

「お屋敷のまわりをそんなに大勢でうろうろして、怪しまれやしねえか」

「怪しまれたっていいんだ。向こうから手出しはできねえはずだ。向こうが用心して、動き出しを控えるようなら、なおいい」

「それなら、さっそく人を集めるか」

捨三は張り切って、石場にもどって行った。

夕暮れが近づくころ、連絡役となった太平が猪牙船《ちょきぶね》を使って川づたいに黒江町にもどり、万年にきた。小料理屋入船の二階にいる弥三郎を乙吉が呼んできた。店は混み合って、お蓮が手が放せない。二階のおこのがよからぬことを考えると困るから、下働きのおさんが台所の階段の下に貼りついている。弥三郎は帳場で太平と話した。

「侍の出入りはそう多くねえ。静かなもんでさあ。それより驚いたのは、例のごろつき中間《ちゅうげん》の円次郎《えんじろう》が二度ばかり、出たり入ったりしたことで。なんのかかわりがあるのかねえ」

大名屋敷では参勤交代で主君が在府のときには家によってはわたり中間を雇い入れることがある。だが、主君留守のときは、行列をつくって出かけることはないから、留守居《るすい》の家臣たちでこと足りる。中間を雇うことはまずなかった。

「なにかたくらんでいやがるな。こんど中間が屋敷に顔を見せたら、太平、おめえがあとをつけろ。円次郎のねぐらをつきとめるんだ」

その後の連絡は入船の二階にこいと弥三郎はいい、太平を入船につれて行った。入船は亭主の仁助《にすけ》が板前で、女房のおかつが女中を使って切り盛りしている。店に入ると三和土《たたき》と小揚り、帳場の奥に座敷がある作りは万年と似ているが、家は小さく、あまり繁盛していない。弥三郎が出した間借り賃は、助けになったはずだった。

弥三郎は太平を二階に上げた。窓の障子をあけると横丁を行きかする人声が届く。

「どうだい」

太平は窓から顔を出して横丁を見わたし、

「これは往来の様子が手にとるようだ。いいところをみつけたもんだ」

と感心した。日が落ちて横丁は暗く、料理屋の軒燈《けんとう》の明かりが通る人々の横顔をおぼろげに照らす。何度か窓から首を出して眺めていた太平が、首をひっこめようとして、

「あれっ」

と声をもらした。弥三郎を手招きして、通りを指さした。弥三郎が下を見ると、万年の店さきに、頬かむりした男が二人立って、店に入るでもなく、行きつもどりつしている。

「見覚えがあるかい」

「ここからじゃ暗くてわからねえ」

太平は首をかしげる。

「万年に行って、お蓮さんにちょっと外をのぞいて見ろというんだ。見覚えがあるかもしれねえぞ」

弥三郎は太平に命じた。太平が入船を出た。なにげない様子で、頬かむりの男の前を通り、万年に入る。弥三郎は入船の窓からうかがっていた。やがて太平が万年を出て、入船に入った。二階に上がり、

「野郎、とんでもねえやつだ」

といった。お蓮は格子の間から外をのぞいて、あっと小さく声を上げたのである。お

芳を手招きして呼び、外を見せるとお芳も驚いて後に下がったという。金勝宮に参拝しようとしたとき、剃刀で顔を切ると脅した男にまちがいないと、お蓮がいった。

「それが中間の円次郎が仕組んだことらしいと、お嬢がいってましたぜ」

「あいつがその悪党か。性懲《しょうこ》りもなく、またやったか」

よけいなことに首を突っこむなとお蓮が脅された話を、弥三郎はきいている。それは弥三郎にたいする警告である。

「のこのこ出てくるとは、ちょうどいいや。太平、手を貸せ」

弥三郎は藍《あい》染めの木綿の布で頬かむりをして外に出た。横丁の角に太平を待たせておいて、男に歩み寄る。弥三郎に気づいて、ひとりは横丁の奥へ、お蓮を脅した男は大通りの出口へと逃げようとした。立ちはだかる弥三郎の腹へ、匕首を突き立てようとする。その手首を手刀で打ち、拳で鳩尾《みぞおち》の急所を突いた。前のめりに倒れかかる男を、弥三郎は抱きとめる。

「しょうがねえなあ。まだ宵《よい》の口《くち》だてえのに生酔《なまよ》いしやがって」

人にきかせるために大声でいい、男を引きずって角へ出ると、太平に男を預けた。

「猪牙船は」

と問うと、太平はうなずいた。酔った友達を介抱するふりをしながら、気を失なった男を両脇からかかえ、八幡橋まで行き、橋の下に舫《もや》った猪牙船に乗せた。船頭は太平の仲間である。三人が乗りこむと、船頭は棹《さお》をさして岸から離れた。

八幡橋をあとにすると人声がきこえなくなる。川面は真っ暗だった。弥三郎は男に活を入れた。正気にもどらず、ぼうっとしている男の喉に、脇差の切先を突きつける。

「誰の指図《さしず》だ」

「なんのことだい」

とぼけようとする男の喉に、刃を軽くすべらせる。血が流れ出た。太平がうしろから男をおさえつけ、身動きがとれなくした。

「痛え。やめろよ」

「いまのは手が滑っただけだ。やるときは、ぐっと深くやる。さあ、答えろ」

「知らねえ」

弥三郎は男の胸に三分《さんぶ》ばかり突き刺した。

「白を切り通してみろよ」

「勘弁してくれ」

男は悲鳴を上げた。中間の円次郎に命じられて、万年に大名屋敷から逃げ出した女中がかくまわれていないか探っていたと白状した。

「中間がなぜそんなものを探しまわるんだ」

脇差を突きつけたまま弥三郎は問う。男の傷は浅いが、血の量は多かった。

「金蔓《かねづる》だといっていたよ。大名を強請《ゆす》るんだ」

円次郎が石原町の屋敷に出入りしていたのは、強請りのためだったのである。駈け落ちをどうして嗅ぎつけたのか、鼻がきく連中である。それを問いつめると、男は、

「大名屋敷にゃ中間がたくさん出入りするからな。かくしごとはすぐにばれる」

といった。

「手前は泳げるのか」

唐突に弥三郎が問う。男はとまどった。

「なんでい」

「この船に四人は多すぎる。ききてえことをきいたら手前に用はねえ。泳げるなら肘の腱を切って放りこむ。泳げねえならそんな手間はかけねえで放りこむ。どっちだ」

「泳げねえ。泳げねえんだよ」

「そうかい。土左衛門《どざえもん》と名を変えやがれ」

弥三郎は男の帯をつかみ、船から投げ落とす。水柱が立った。浮かび上がった男は向こう岸に向かって泳ぎ出した。

「ちょうさんは怖いね。正直いっておれは寒気がしたよ。刃物を持たせると、夜叉《やしゃ》だ」

と太平はいった。

「そのかわり、猪口を持たせれば菩薩《ぼさつ》だろう」

弥三郎が高笑いした。

三

弥三郎はひとり船を下り、土手づたいに八幡橋まで歩いて、稲荷横丁の入船にもどった。二階の窓を少しあけて様子を見る。通り過ぎる人影はまばらになっていた。

万年は店の行灯《あんどん》を消し、戸締りをした。お蓮が歩み出て、横丁をうかがいながら入船の前にきて二階を見上げた。両手で口を囲って、ちょうさん、と呼び、

「石場の小父さんがきているんだよ。ちょいとこないかい」

と誘った。

店はあと片付けがすみ、捨三は帳場の長火鉢の前にあぐらをかき、股の間に徳利をはさんでのんでいた。弥三郎が入ると、場所と一緒に徳利も譲った。

「話ってのは、なんだい」

万年に入る前に、お蓮が弥三郎に石場の小父さんが話したいことがあるんだって、と告げたのだった。

「うん、そのことなんだがね、うん」

要領を得ないことをいって、ひとりでうなずいてから、

「お嬢のことなんだけどね。本所の堀様へ行儀見習に出したのは、おれのしくじりだ」

といい出した。

「その話はいいんだよ」

お蓮が話をさえぎるのを、まあしゃべらせろと押さえつけるようにいう。

「お嬢はおれにとっちゃ大恩ある人の孫娘だ。その人は早く死になすって、お嬢のほかに家族五人が残った。お嬢の親父さん、お袋さん、祖母《ばあ》さま、姉さんと兄《あん》ちゃんだ」

捨三は指を折りながらいう。酒がまわって舌がもつれた。

「永代橋の崩《くず》れは、ちょうさんもよく知っているだろう。あのとき、親子四人がそろって祭見物に出かけて、永代橋を渡るところだったんだよ。早えもんだ、もう二十年が過ぎた。あの日はいい天気で、大川に将軍様の御座船がお出ましになるってんで、祖母さまと風邪《かぜ》っぴきのお嬢に留守番させて、そろって出かけたんだ。兄たちは大喜び、置いてけ堀のお嬢は泣く。それが運命の別れ道とは気がつかねえ。実はおれも大川端までは

行ったんだ。あんまり人出が多くて、永代橋にたどり着けねえ。それで助かった。あとできいたら、何十万もの人出だったそうだ。千人からの人が死んだんだもの」

捨三の話をきくうちにお蓮は当時を思い出し、横を向いて目頭をおさえた。親子三人が水死体でみつかったが、十歳になる兄は行方不明のままだった。しばらくは祖母や捨三と一緒に猪太郎迎《いたろうむか》えと兄の名を大きく書いた幟《のぼり》を押し立て、名前を呼びながら大川端を探しまわったものである。そのときの心労が祟《たた》って祖母は正月を迎える前に亡くなり、お蓮はひとりぼっちになった。お蓮が橋を渡るのがこわくなったのは、そのとき以来である。

「おれがひきとって育てたんだが、お嬢が十四のときに口をきく者があって、むさ苦しい石場で育てて漁師の嬶《かか》アにするよりも、お屋敷に女中奉公させて行儀作法を仕込めば、これだけの器量だから、玉の輿《こし》にものれるだろう、とうめえことをいう。つい心が動いた。その人のいうままに、石原町の堀様に奉公に出したが、まさかすぐに殿様のお手がつくとはなあ。しかもそのあとの仕打ちがひどかった。おれの考えが足りなかったせいで、お嬢には辛い目を見せちまったなあ」

「またそれかい。あたしは辛いとも悲しいとも思っちゃいないよ。たいそうな手切れ金をもらったおかげでこの店を持てた、そう思っているんだよ」

「忘れたと思っていたら、出しおくれた証文みてえにまたぞろ堀様の名前が出てきた。さっきもお嬢にいったんだが、もうかかわりあうのをやめにしねえか」

と助勢を求めるような眼を弥三郎に向ける。

「あたしはね、お家に忠義だてする義理はないんだよ。あの娘を放っておけないんだ」

お蓮はまたそれをくり返した。

「わかった。もういわねえ。一度手を貸すと決めたことをぐずぐずいって、おれが男らしくねえ。悪かった」

弥三郎は黙ってきいていたが、捨三に向かって、

「もうのっぴきならねえことになってるんだ」

と前おきして、太平と一緒に中間の円次郎の仲間をつかまえ、猪牙船に乗せて責め、中間が堀家を強請っていることをつきとめたと話した。

「気味の悪い刺青《いれずみ》を入れた奴《やっこ》だね。あいつも首を突っこんでいるのかい」

とお蓮がいうと、捨三は首を横に振った。

「あいつはただの使い走りだろう。陰にもっと悪いやつがいる」

確信ありげにいった。

女髪結いのお久米が、お蓮の洗い髪を梳《くしけず》りながら鏡に映った顔に笑いかけた。

「なにがおかしいんだい」

「思い出したらおかしくなってね。二階のうわばみが朝になったらお姫さまに化けていたんですって」

お蓮はそれをきくなり、お久米の櫛を持つ手を払いのけ、向き直った。

「どうしたの。怖い顔をして」

お久米は驚いて、尻をついた。

「お久米さん、それを誰にきいたんだい」

「誰って、お芳ちゃんだよ。咄《はなし》じゃないのかい」

「咄なら咄でいいよ。その咄を誰かにしたかい」

お久米は黙りこんだ。噂話を人にいいふらすなと髪結いにいうのは土台無理がある。もうさんざん吹聴したあとにちがいない。

「いいふらしたんだね」

「いいふらすといったら、なんだか悪いことをしたみたいにきこえる。おもしろい咄だから、ご贔屓《ひいき》さまの退屈しのぎに話しただけですよ」

「もういい。いいから、髪をちゃっちゃっと結っとくれ。形なんかどうでもいいから」

「どうでもいいんですか」

お久米はお蓮のいいかたが気に入らず、気を悪くした。お蓮がいままで、さんざん嫌がっていた櫛巻に結い上げると、固い表情のまま挨拶をして帳場から出て行った。まだお久米が店にいるのを承知で、

「お芳、ちょっとおいで」

きこえよがしに尖《とが》った声で呼ぶ。お久米は逃げるように外へ出て行った。帳場に顔を出したお芳に、

「二階にお姫さまがいるって、お久米さんにいったんだね」

と問い質《ただ》した。お芳は口に手で蓋《ふた》をし、肩をすくめた。

「あの人にいう馬鹿があるかい。その日のうちに深川中に広まっちまうよ」

下働きのおさんが、二階のうわばみがお姫さまに化けた、とひとりごとをいった。それをお芳がきき、おもしろくて誰かにいいたくなった。昨日、たまたま町でお久米と出会い、つい口走ったのだという。告白しているうちに、自分が飛んでもないまちがいをしでかしたと気づいて、お芳はすすりなきをはじめる。

「泣いたってしかたないじゃないか」

お蓮はお芳を台所に下がらせた。ともかくそのことを弥三郎に知らせておこうと思い

ついて、入船に行った。片襷《かただすき》に前かけ姿の亭主の仁助が店の前の道に水をまいている。仁助さんと声をかけ、

「ちょうさんはいるかい」

と訊ねる。

「出かけたよ。朝早く石場の人が迎えにきた。太平さんといったかな」

「いないのかい」

お蓮は急に心細くなった。大通りから横丁に入ってくる人はみな、おこのを殺しにきた刺客のような気がする。店にもどると清次郎に声をかけた。

「清さん、きょうは休みにするよ」

「身体の具合でも悪いんですかい」

「血の道でも癪《しゃく》でもなんでもいいから、休みますと紙に書いて格子に貼り出しとくれ」

清次郎は腑に落ちない顔つきで、俎《まないた》を洗いはじめた。

おこのをほかの場所に移したほうがいいのか、そもそも深川に安全なかくれ家があるのか、帳場にひきこもって思い悩んだ。盆、暮れ、正月にも休まない店だから、休んだ日の一日は長い。昼過ぎに、店の前で太平が大声を出した。

「お嬢、いねえんですか。きょうはどうしたんで」

戸をあけると太平がひとりで立っていた。

「ひとりかい。ちょうさんと一緒じゃなかったのかい」

不満が顔にあらわれる。太平は苦笑した。

「一緒だったんだがね。いまはひとりで」

「お入りよ」

お蓮は横丁の様子を目で探って、太平を引き入れると、戸をしめてしんばり棒をかった。

前の日堀屋敷を見張っていた仲間が、中間の円次郎がほかに二人をつれて屋敷に入るのを見かけた。かねて太平に指示された通り、屋敷から出た円次郎のあとをつけて、ねぐらを突きとめた。太平はそれを、朝早く弥三郎に知らせにきたのだという。弥三郎はすぐにその場所へ行くといい、身仕度をして入船を出た。

「本所北森下町のお旗本、戸川理助《とがわりすけ》様のお屋敷に、連中は巣くっているんだが、近所をききまわったら、中間部屋を賭場にして、毎晩丁半とやっていやがる。母屋《おもや》まで乗っとろうてえ鼻息で、戸川様は肩身を狭くしていなさるとよ。庇《ひさし》を貸して母屋を乗っとられるたあこのことだ。戸川様はよほど弱みを握られているんだろう」

「そんなことはいいんだ。ちょうさんはどこへ行ったんだよ。こっちがたいへんなことになっているってのに」

「しばらく戸川様のお屋敷の様子をうかがっていたが、ちょいと用たしに行ってくる、夜には稲荷横丁に帰るといって、ふっといなくなっちまったんで」

「いてもらいたいときにいない人だね。いなくてもいいときにいて、大酒のんでいる」

お蓮はその場にいない弥三郎の憎まれ口を叩いた。

四

お蓮は龍雲軒に手紙を書いた。女中が不用意におこのをかくまっていることを洩《も》らしたことを知らせ、手を打つことを求めた。その手紙を太平に托し、平井村に届けてもらった。

夕暮れがせまると茶漬を食べにきた客が店先の貼紙を見て、首をかしげて帰る。外から声をかけられるたびに、心臓が高鳴った。

清次郎に賄《まかな》いの膳を作ってもらい、二階に運んでおこのと食べた。一度逃げ出そうとしたあとは、おこのは落ち着いていた。もともと主君の若君と密通して駈け落ちするという、思い切ったことをする娘である。お蓮には思いもよらない大胆なところがある。

女中のお芳がおこののことを不用意に人に話してしまったといきさつを話して詫びても、

「うわばみがお姫さまに化けたのでございますか」

手の甲を口にあてて笑う。危険が迫るとは感じていない。もしかしたら、考えることは元五郎と添えるか添えないかということだけで、その一大事にくらべれば、みずからの命さえ、どうでもよいのかもしれない。

暮れ六つの鐘がちょうど鳴っているさいちゅうに、戸を叩く音がした。こんどこそきたとお蓮は直感した。

「見てきますから、じっとしていてください」

とおこのにいう。おこのは怖れる様子もなく、お蓮を黒目がちの目でみつめ、こくりとうなずく。その姿はあどけないと思わせた。

お芳と乙吉には一日暇をやったが、清次郎は帰らずに店にいる。お蓮が下りて三和土に出ると、事情を察した清次郎は出刃包丁を提《さ》げてついてきた。お蓮が戸口に手をかけると、清次郎がその手をおさえて、前に出た。出刃包丁をうしろ手にかくし、

「今夜は休みだよ」

と声をかける。

「ちと尋ねたいことがある。女将にとりついでくれ」

外で声がした。お蓮が格子の間からのぞくと三人の武士が立っている。いいから、まかせなと小声で清次郎にいい、お蓮は戸をあけて外に出た。

「あたしが女将でございますが」

「この家に、十四、五の娘がかくまわれておるときいた」

「そんな娘は女中しかいません。きょうは店は休みですから、暇をやりました」

武士は前に二人、うしろにひとり。二人は若く、うしろのひとりは四十近いと見えた。

「嘘をつくな。調べはついているのだ」

若い武士がいらだって強い口調になる。

「お武家様方、お名乗りなさい。本所石原町の堀の家来、何某《なにがし》とはっきり名乗ったらどうですか」

武士はそう詰め寄られてたじろいだ。そのとき、入船の二階の窓から弥三郎が身を乗り出し、

「堀左馬介殿の御家来衆、なにをしに参られた。押しこみ強盗の真似ごとか」

横丁に響きわたるような大声を張り上げた。

「いまから参る。そこを動くな」

弥三郎の頭が引っこむ。すぐに草履の音を立てて駈けつけた。

「ちょうさん、帰っていたのかい」

お蓮は弥三郎の背中にかくれる。武士たちは顔を見合わせた。年かさの武士が、

「構わぬ。踏みこめ」

と短かく指示する。

「どけ。どかぬと斬る」

二人の若い武士が刀の柄に手をかけ、年かさの武士があとに退《しりぞ》いた。

「やるのかい」

弥三郎がいいながら、はやく逃げろとうしろにまわした手でお蓮に合図をする。清次郎が手をとって店の中に引き入れようとした。その手をお蓮は払いのけ、弥三郎の前に出た。

「お前さまがた、年端もいかないころから、一所懸命剣術の稽古をしたんだろう。稽古を積んで、人に賞《ほ》められるほどの腕前になったんだろう。その腕を、たった十四か十五の娘を斬り殺すために使うのかい。そんなむごいことをして、忠義でございと威張って生きていかれるのかい」

お蓮の声はよく響いた。横丁の料理屋から客が出てきて、騒ぎ出す。

「人殺し」

清次郎がわめいた。武士たちは後じさりし、大通りのほうへ駈け出した。武士たちの姿が見えなくなったとたんに、お蓮は弥三郎の手にとりすがった。膝の力がぬけて、しゃがみこむ。歯の根が合わないほど、ふるえだした。

夜が明けきるにはまだ間があるが、裏の井戸で釣瓶と水音がした。弥三郎は昨夜は寝ずの番をするといい、万年の小揚りに刀を抱いて坐っていたが、もう動き出している。寝床でその音をきくと、お蓮は安心した。用心のために蒲団を並べて寝たおこのが水音で目を覚まし、暗がりの中で身を起こす。

「あれはなんの音かしら」

「ちょうさんが井戸で水を浴びているのです。毎朝浴びないと気持が悪いそうです」

おこのは安心して頭を枕に乗せた。お蓮は寝床から出て、台所へ行った。汲みおきの水瓶《みずがめ》から柄杓《ひしゃく》で水を汲んで口をすすぎ、顔を洗う。格子窓から井戸を見ると、薄明の中に弥三郎の白い背中が浮かんだ。汲み上げた瓶を頭上高くさし上げ、勢いをつけて水をかぶる。しぶきが散る。その姿を見ていると、お蓮も心の中が洗われる気がしてきた。

あわただしい足音がきこえた。足音は店の表から裏にまわる。

「旦那、ちょうさんの旦那」

と呼びかける声は、太平だとわかった。弥三郎が濡れた身体を拭き、寝巻がわりの浴衣をまとう。お蓮は勝手口から出た。

太平が井戸に駈け寄った。

「きやした。やつらがきやがった」

うわずった声でいう。遠くから駈けてきたと見えて、なかなか息がととのわない。肩を上下させて息をついだ。

堀屋敷から、夜のうちに数人の武士が出た。武士たちは二艘の猪牙船に乗り、油堀《あぶらぼり》に漕《こ》ぎ寄せたという。太平は本所石原町から駈けつづけたのだった。

「きたかい」

弥三郎は多くを語らず、店にもどって身仕度をした。髷《まげ》のさきは濡れて月代《さかやき》に貼りついている。いつもの藍色の頬かむりをして、尻をはしょる。小揚りのかまちに腰かけ、大刀を立てた。太平は様子を見に、横丁に出て行った。

おこのはすでに身づくろいをすませていた。お蓮が台所から運んできた手桶の水で、口をすすぐ。お蓮が見まもっているのに気づいて、笑いかけた。危険が迫ったことを知っているが、おびえてはいない。お蓮よりもずっと落ち着いている。横丁に出ていた太

平がもどってきて、

「まずいや」

と弥三郎にいった。横丁の奥は袋小路で、名の由来となった稲荷の祠《ほこら》と赤く塗った鳥居がある。鳥居の前に二人、横丁の入口に二人、あとひとりか二人いるはずだが、その所在は知れなかった。

「逃げ場がねえ」

「逃げやしねえ。逃げりゃ連中の思う壺だ」

弥三郎はその場を動かない。太平が二階に上がり、窓から横丁の様子をうかがった。下りてきて小揚りの弥三郎に、

「二人、すぐそばまできた」

と告げる。

「放っておけ」

そのとき、表の戸を叩く音がした。小さな音で、しつこく叩く。女中のお芳が台所から、

「こっちは誰もいませんよ。逃げられます」

と小声でいった。弥三郎は台所に顔を向けて、

「出るんじゃねえぞ。見えすいた浅知恵だ。狩りのつもりでいやがる。表にいるのは勢《せ》子《こ》だよ。勢子が騒いで、鉄砲かついだ猟師の前に追い立てようという算段だ。こんな町ん中で、踏んごみゃしねえよ」

といった。座敷から出てきたお蓮が、

「そうだよ。どっしり構えていりゃいいんだ」

とお芳にいいきかせる。お芳は心細くなり、べそをかきはじめた。

「これ、これ。あけぬか」

表の武士は押し殺した声でいい、戸を叩きつづける。弥三郎は太平を呼び、

「二階から水をぶっかけてやれ」

といった。

「あたしがやるよ」

お蓮は手桶を提げて、二階に上がった。障子をあけて横丁を見る。深編笠の武士が、二人立っていた。ひとりが戸を叩き、ひとりは離れている。手桶の水をかけようと身構えたとき、戸の前にいた武士が急になにかに驚いて動いた。お蓮は横丁の入口のほうを見た。天蓋をかぶり、袈裟をつけた数人の虚無僧が下駄の音を立てて横丁に入ってくる。

「助けがきたよ。龍雲軒だよ」

お蓮は声を上げながら、階段を下りる。手桶をころがし、二階の畳を濡らした。

弥三郎は格子の間から外の様子を見た。虚無僧たちの数にひるみ、武士たちは道をあける。

「龍雲軒から参りました」

虚無僧が告げた。太平が戸をあけて虚無僧たちを招き入れた。三人が入ったが、外にはまだ数人いる。どうやら大通りのほうにも虚無僧がいる気配だった。ようやく夜が明けて、足元はまだ暗いが、空の雲は白く見えている。

虚無僧のひとりが竹を編んだ小さな行李《こうり》を背負っていた。行李を小揚りに置き、蓋をとる。

「これを、おこのさまに」

とお蓮に向かって行李を押しやっていう。行李の中には虚無僧の衣服が一式入っていた。お蓮はおこのを呼び、お芳に手伝わせて着替えさせた。裾に綿を入れた着物は、昨夜にわかに寸法を合わせて仕立てたと見えて丈が長すぎた。袖も長く、指がかくれる。尺八の袋を帯にはさみ、天蓋をかぶせる。おこのはじっとなされるままになっていた。

「まるでこどもの虚無僧だ」

眺めていた弥三郎がつぶやく。

「お人形さんだ」

お芳が涙を拭いながらいった。

虚無僧は弥三郎とお蓮に一礼すると、天蓋をかぶった。三人がおこのをはさんで姿をかくす。外にいる虚無僧のひとりが、おさえた音で尺八を吹いた。それが、おこのを無事救い出したという合図だった。

弥三郎と太平は店に残り、お蓮とお芳が見送りに出た。

大通りに出ると虚無僧の数は十人を越えていた。おこのを駕籠に乗せ、まわりを囲んでかくす。天蓋の列が遠ざかった。お蓮とお芳は低く腰を折って見送った。

横丁からあらわれた深編笠の武士たちが、笠のはしを上げて、行列が行くさきを眺める。一の鳥居から出てきた朝帰りの客が、異形《いぎょう》の行列に驚いて立ちどまる。家の戸をあけ、わざわざ道に出て見物する者が少なくない。堀家の武士たちは、もう手出しができなかった。

五

風雨が強まった。夜はまだ明けたばかりで、闇がいくらか薄くなった。北森下町の旗本戸川理助の屋敷の外には、先手組《さきてぐみ》の与力笠井勘兵衛《かさいかんべえ》を筆頭に三人の同心と数十人の捕方《とりかた》が、雨に濡れて待機している。笠井は頭巾に鉢金《はちがね》がついた火事装束で、眼光鋭い目だけを出している。弥三郎とは美濃部道場の同門で、竹馬《ちくば》の友である。

破れ傘をすぼめて斜めにさした弥三郎が笠井に歩み寄る。紺色の着物の裾をはしょり、両脛《りょうずね》を出している。同じ色の手拭いで頬かむりして、素足に高下駄といった姿だった。

笠井は弥三郎に頭巾の顔を向け、黙ってうなずいた。手はずは決められている。言葉はいらない。手入れが行き届かない築地塀の崩れた穴の前で、弥三郎は傘を三度振ってしずくを切り、穴をくぐった。

雑木林のように無秩序に木が茂った庭を通りぬけ、中間部屋に向かう。母屋は瓦が落ち、濡れ縁が腐って落ちるほど荒廃しているが、中間部屋は屋根こそ板ぶきに石を載せただけだが普請も新しく、構えが大きい。雨戸の節穴から灯がもれていた。

正面に破風《はふ》づくりを真似たらしい屋根が張り出た玄関がある。弥三郎は濡れた傘を板壁に立てかけた。戸は鍵をかけていなかった。弥三郎はしずかに戸を滑らせ、中に入った。

「駒そろいました」

と壺ふりが声を張り上げた。中間部屋の仕切りの襖《ふすま》をとり払った広間に、燭台《しょくだい》を何基も立てて明るくしてある。熱気と汗と酒、煙草《たばこ》の臭いがひとつに混り合って、家の中にこもっている。

「半」

さいころの目を読み上げる声とともに、落胆の声、ため息、勝ちほこった笑い声がおこる。前夜から徹夜で博奕《ばくち》をしているのだった。

廊下には疲れ伏して客が寝ている。頭をまたいでも気づかずにいびきを立てる。弥三郎はまばゆいほど明るくろうそくを立てた広間に入った。広い盆茣蓙《ぼんござ》を囲んだ客は二十人を越える。武士の顔も見える。弥三郎は頰かむりを外した。

壺に夢中になり、誰も新入りの弥三郎を気にしない。徹夜の博奕で頭がしびれている。壺ふりが二箇のさいころを指の間にはさみ、壺に投げ入れる。広間は静まり返った。一瞬間をおいて、

「はい、どちらさんも」

と景気づけの声がひびく。弥三郎は客たちの背後を通り、壺がふられて誰もが盆茣蓙を固唾《かたず》をのんでみつめる瞬間に、誰にも気づかれずに広間をぬけ出した。廊下を奥座敷に向かう。寝ずの番をしていた中間がひとり、廊下に出てきて鉢合せした。中間が声を出す前に、弥三郎は腰の刀の柄を突き出す。鳩尾《みぞおち》を突かれ、気を失なって倒れかかる中

間を抱きとめ、ひきずって空いた座敷に入れる。隣座敷から高いびきが洩れてきた。襖には名のある絵師の手になるらしい襖絵が描かれ、箪笥なども値の張りそうな仕上げである。まるで大名の奥座敷のように豪華だった。

弥三郎は音を立てぬように襖をあけた。絹の蒲団にくるまりいびきをかいている肥った男は中間頭の亀之助《かめのすけ》だった。蒲団からはみ出た毛深い腕を枕にして、若い女が寝ていた。女は気配に気づいて目を覚ました。驚いて蒲団から抜け出る。長襦袢《ながじゅばん》をまとっただけで、前ははだけている。弥三郎は大刀を抜き放ち、左手を口に当てて声を出すなと仕草で示した。

亀之助の手が女を探して掻き寄せるように動いた。

「亀之助、起きろ」

弥三郎が声をかけた。亀之助は寝呆《ねぼ》け眼《まなこ》で身を起こす。叫ぼうとした瞬間、弥三郎は刃を返して峰打ちで頭を打った。手加減をしたつもりだが、血がほとばしって夜具にかかり、亀之助は仰向けに倒れて、口から血泡《ちあわ》を吹いた。女は座敷の隅に坐りこんだ。口をあけるが、声は出ない。

蒲団の横に女が脱いだ着物がひとかたまりになっている。弥三郎は刀の先にしごきをひっかけて放り投げた。

「人に見られるぞ。みっともねえ恰好をするな」

といってから、勢いよく雨戸を蹴破り、庭に飛び下りた。音をききつけた門番が、門の脇の小屋から六尺棒を構えて出てくる。雨が横なぐりに弥三郎の顔を打った。

「誰かいねえか」

弥三郎が手に提げた白刃に驚き、門番が大声をあげる。雨風の音にさえぎられて、その声は中間部屋には届かない。弥三郎は門番の六尺棒を払いのけ、峰打ちの一撃で昏倒させた。

弥三郎が内から閂《かんぬき》を外し、門をひらいた。待ちかまえていた笠井勘兵衛に歩み寄り、

「中間頭亀之助は奥座敷に……」

と耳うちする。

「踏みこめ。ひとりも逃がすな」

笠井が軍配を振って声をはげました。同心たちを先頭に、捕方《とりかた》が門内になだれこむ。その動きに背を向けて、弥三郎は歩き出した。

稲荷横丁の万年の店先で、

「また休みかよ」

とあてが外れた客の声がした。

「怠けてばかりいやがると、そのうち店が潰れるぞ」

きこえよがしに捨て科白《ぜりふ》を投げつけて、足音が遠ざかる。北森下町の旗本屋敷で大捕物があってから、三日後である。その日の万年は、昼のうちは貸し切りにしていた。

奥座敷には、虚無僧の龍雲軒と堀家の留守居役羽田六左衛門《はだろくざえもん》の二人だけが対座していた。二人は古い馴染みである。お蓮は二年前に留守居役となった羽田を知らない。挨拶に出ただけで、すぐに引き下がった。

帳場では捨三と弥三郎が、香《こう》の物をつまみにして昼酒をのんでいる。捨三はいくらか控え気味だが、弥三郎はうわばみの本性をかくさず、すでに酔ってへらへらと笑いを浮かべていた。お蓮が帳場にもどると、捨三が声をひそめて、

「どうだい、うまく行きそうかい」

と問いかけた。

「どうだろうね」

お蓮は首をかしげる。

「だいじょうぶだよ。落ち着くさきはどうせひとつしかねえんだ。こどもみてえなのを、二つ重ねて斬るわけにゃいかねえよ。無駄な話をしんねりむっつりやっていねえで、早

く手打ちの盃《さかずき》にすりゃいいんだ」

弥三郎が徳利を傾けて、手酌で茶碗に注ごうとする。お蓮が徳利をとり上げ、

「ちょうさん、声が大きいよ」

とたしなめてから、酌をした。

「まあ、帳場で気を揉んでもしかたがねえ」

捨三は自分にいいきかせるようにつぶやき、話題を変えて北森下町の大捕物の話をはじめた。

「中間頭の亀之助は、あちこちの中間部屋を仕切って賭場にしたり、お大名、お旗本を強請ったり、やりてえ放題だったそうだ。お奉行所が手を出そうとしても、相手がお大名やお旗本では、強請られましたなんて、体面《たいめん》にかかわることはいってこねえ。そこがつけ目だったんだ。それにここだけの話だが、お旗本の中には、亀之助に買収されたり、弱みを握られたお方がたくさんいたそうだぜ。なあ、ちょうさん、お前さまはそんな噂をきいたことはないかい」

「さあ」

弥三郎は急につまらなそうな顔つきになった。捨三は興に乗り、捕物話をつづける。

「亀之助を捕えるために、ずいぶん前から調べていたんだそうだ。噂だよ。人にきいた

話だよ。だが、下っ端の中間を捕えても、裏から手をまわして放免《ほうめん》にしたり、殺して口をふさいじまう。まったく手古摺《てこず》らせる野郎だ」

「そんな悪党には見えなかったけどねえ」

お蓮は万年の座敷で亀之助を見ている。蜆《しじみ》売りの新公が武士といざこざを起こしたのがきっかけで、漁師と旗本の家来の大げんかになりかかった。その仲直りの席に、中間頭の亀之助が出ていたのだった。人のよさそうな笑顔をつくるおだやかな物腰の人物だという印象しかない。だからよ、といって捨三が身を乗り出す。

「だから、お嬢。そのときもおれがいったじゃねえか。ああいうのが食わせ者なんだ。腹の内じゃなにを考えているのか、わからねえんだ」

「そうなんだね、あたしに人を見る目がなかったんだ」

「お町奉行から旗本のお歴々《れきれき》まで、手が出せなかった亀之助を捕まえたのは、なんといったって先手頭の大熊彦右衛門《おおくまひこえもん》様のご英断だ。与力の笠井勘兵衛様も偉《えら》い。世間じゃ、笠井様は小柄だから、二人まとめて大熊小熊と呼んでいるぜ。なあ、ちょうさん」

「知らんなあ。大熊小熊というのか。それが渾名《あだな》か」

弥三郎はいよいよつまらなそうな顔をする。あくまでもとぼけて、先手組とはかかわりのないふりをした。

やがて座敷で手を叩く音がした。お蓮が襖の外に坐り、声をかける。龍雲軒の声で、

「お帰りじゃ」

といった。

「あの、お膳の仕度をしてありますが」

「いらぬ」

襖をあけて、頭巾をつけた羽田六左衛門があらわれた。

龍雲軒とお蓮が店さきに見送りに出た。羽田は店の外に待たせておいた若党をしたがえて、去って行った。

龍雲軒の表情は晴ればれとしていた。若君の元五郎は小金の一月寺に修行に出し、俗世と縁を切らせる。おこのは宿下がりを申しつける。それで密通はなかったことにするということで話はついたのである。龍雲軒はなんども頭を下げて、お蓮の尽力にたいして感謝した。おこのは宿下がりといっても実家にはもどさず、小金村の庄屋の家で預かるという。ほとぼりのさめたころに、元五郎を還俗《げんぞく》させて分家を出させるという深謀遠慮だった。

「ああ、肩の荷が下りた」

自分で肩を叩きながら、お蓮は帳場にもどった。

「せっかく清さんが腕によりをかけたのに、箸はとらないんだとさ。お代はいただいているから、あちら様の勝手だけど、もったいない。せっかくの料理だ、みんなでいただこうじゃないか。清さんも一緒にどうだい」

お蓮はめずらしくはしゃいで、板場に声をかけた。弥三郎と捨三は、お蓮が二人に徳利を預けて放っておいた間に、すっかり酩酊している。弥三郎がお蓮をじっとみつめた。

「顔になにかついているかい」

「さっきの渾名の話だが、お蓮さんは阿蘭陀《オランダ》金魚というそうじゃねえか」

「いやだ。小父さん、よけいなことをいったね」

お蓮は笑いながら、捨三を打った。

「そうやって櫛巻にすると、たしかに阿蘭陀金魚だ。だがね、阿蘭陀国にも金魚てえものは、いるのか」

弥三郎は真面目くさった顔でいった。

あとがき

　時代劇映画花ざかりのころの英雄たちの中で、申し分のない美男子の若様侍はよいとして、容貌魁偉《ようぼうかいい》の丹下左膳も、それ者（芸者）あがりの色っぽい美人の家に居候《いそうろう》して遊び暮らしているのが、うらやましかった。女は小唄の師匠かなにかで、稼ぎがあって男に気前がよい。二階で居眠りをしていると、三味線をつまびく音がきこえてくる。そんな暮らしを一度でもしてみたかった。

　江戸は広いといえども、丹下左膳を養うような奇特な美人が住むのは深川のほかにない。為永春水《ためながしゅんすい》の昔から、明治の泉鏡花《いずみきょうか》にいたるまで、辰巳《たつみ》（江東）の女は気っぷがよいと相場が決まっていた。

「けんか茶屋」という店は、なにかの古い随筆で知った。けんかの仲裁を専門にする茶屋があったらしい。たとえば有名な相撲とりと火消し「め組」のけんかにしても、それが大騒ぎになって町奉行所が乗り出すようになれば、当事者は遠島をまぬかれない。島流しになってはおたがいに損だから、小さなけんかなら内々に話をつけよう、という町方の知恵である。「けんか茶屋」は実際には日本橋にあったようだが、それを小説の舞台に選んだ作者は、深川に土地を変えた。理由は、すでに述べた通り。言葉が荒くて口が悪く、立居ふるまいは少し乱暴だが、気っぷがよくて人情に篤く、弱いものを見ると黙っていられない義俠心のある美人が、その町には住んでいそうな気がしたからだ。

江戸時代の深川という土地の匂いを、作品の中にただよわせたい、と考えた。江東地区は広大な埋め立て地だから、地面は貝殻だらけ、雨が降ればすぐ水びたしになる。国民総生産が低い時代で、たいがい貧乏だったが、そのわりに暮らしは豊かだった。小説の中にそんな時代の風を吹かせたいと思う。

この本を手にとった読者が、「けんか茶屋」の女将お蓮さんや、居候の若様弥三郎を好きになり、なんだか懐しい感じのする人たちだと思い、二人が生きる深川という土地をのぞいてみたいと思ってくれれば、作者としてはうれしい。

平成二十五年二月　　作者誌

本書は文庫のための書き下ろし作品です。

中公文庫

けんか茶《ちゃ》屋《や》お蓮《れん》

2013年3月25日　初版発行

著　者　高橋《たかはし》 義夫《よしお》

発行者　小林 敬和

発行所　中央公論新社
〒104-8320　東京都中央区京橋2-8-7
電話　販売 03-3563-1431　編集 03-3563-3692
URL http://www.chuko.co.jp/

DTP　嵐下英治
印　刷　三晃印刷
製　本　小泉製本

Published by CHUOKORON-SHINSHA, INC.
Printed in Japan　ISBN978-4-12-205769-2 C1193

各書目の下段の数字はISBNコードです。978－4－12が省略してあります。

中公文庫既刊より

た-58-2
御隠居忍法
高橋義夫
間諜・伊賀者の子孫であり昌平坂学問所の秀才・鹿間狸斎が訪れた奥州の山村。そこには奇妙な事件が渦巻いていた。人気シリーズ開幕！〈解説〉大野由美子
203781-6

た-58-3
御隠居忍法 不老術
高橋義夫
伊賀者の子孫鹿間狸斎は奥州の隠居所に帰ったが、そこには新たな事件が待ち受けていた。神隠し、消えた死体、天領と小藩を巡る陰謀の行方は？
203911-7

た-58-4
御隠居忍法 鬼切丸
高橋義夫
奥州寒村の隠居所に暮らす伊賀者の子孫、元お庭番の鹿間狸斎を待ち受ける、次々と起こる難事件。狸斎のとぎすまされた気と技がこの世の悪を断つ！
204002-1

た-58-5
御隠居忍法 唐船番
高橋義夫
奥州寒村の隠居所に暮らす伊賀者の子孫、元お庭番の鹿間狸斎は、旧知の人物の生死を確認する密命を受けたことから「抜け荷」をめぐる騒動に巻き込まれ……。
204550-7

た-58-8
御隠居忍法 亡者の鐘
高橋義夫
奥山の寺で鐘が鳴る……。住職の血を吸った鐘楼に隠された謎とは？　家督を子に譲り、奥州は笹野に住み着いた伊賀者、元御庭番・鹿間狸斎見参！
205059-4

た-58-10
御隠居忍法 恨み半蔵
高橋義夫
二代目服部半蔵が遺した呪いの書が、かつての上役から届く。その争奪戦に巻き込まれ、贋医者の汚名を受けて投獄された御隠居・鹿間狸斎はその謎に迫れるか？
205258-1

た-58-11
御隠居忍法 魔物
高橋義夫
十二年に一度の奉納試合に、かつて凶猛な剣で優勝した斎木源助が再び出場。陰謀めいた不穏な空気の中、立会人を勤めるは元幕府隠密の御隠居・鹿間狸斎。
205587-2

た-58-12

御隠居忍法 振袖一揆

高橋義夫

飢饉のため米が高騰し、朝から農民と穀屋が押し問答。夜には女盗賊騒ぎに続いて殺人事件が起こる。村に漂う不穏な空気。われらが御隠居・狸斎は一揆の渦中へ！

205625-1

た-58-6

花輪大八湯守り日記 湯けむり浄土

高橋義夫

希望なき部屋住、花輪大八は行き掛り上、藩士同士の喧嘩の責を一身に負い山深い温泉の湯守りとなる。そこでも、欲望と面子の鍔迫り合いが事件を引き起こす。

204684-9

た-58-7

花輪大八湯守り日記 若草姫

高橋義夫

肘折温泉を舞台に繰り広げられる人間模様。雪深い霊場を訪れた姫君の持つ草子『若草ものかたり』に隠された謎とは。好評大八日記シリーズ第二弾！

204896-6

た-58-9

花輪大八湯守り日記 艶福地獄

高橋義夫

山深い肘折の湯に不思議な女の一群が現れた。率いるのは奇怪な技を使う医師。それを機に巻き起こる新庄城下をも巻き込む大騒動。大八、女に惑う⁉

205149-2

あ-59-1

五郎治殿《ごろうじどの》御始末《おしまつ》

浅田次郎

武士という職業が消えた明治維新期、最後の御役目を終えた老武士が下した、己の身の始末とは。時代の境目を懸命に生きた人々を描く六篇。〈解説〉磯田道史

204641-2

あ-59-2

お腹召しませ

浅田次郎

武士の本義が薄れた幕末維新期、変革の波に翻弄される侍たちの悲哀を描いた時代短篇の傑作六篇。中央公論文芸賞・司馬遼太郎賞受賞。〈解説〉竹中平蔵

205045-7

う-28-1

御免状始末 闕所物《けっしょもの》奉行 裏帳合（一）

上田秀人

遊郭打ち壊し事件を発端に水戸藩の思惑と幕府の陰謀が渦巻く中、榊扇太郎の剣が敵を阻み、謎を解く。時代小説新シリーズ初見参！ 文庫書き下ろし。

205225-3

う-28-2

蛮社始末 闕所物奉行 裏帳合（二）

上田秀人

榊扇太郎は闕所となった蘭方医、高野長英の屋敷から、倒幕計画を示す書付を発見する。鳥居の陰謀と幕府の思惑の狭間で真相究明に乗り出す！

205313-7

各書目の下段の数字はISBNコードです。978-4-12が省略してあります。

う-28-3
赤猫始末　闕所物奉行　裏帳合（三）
上田　秀人
武家屋敷連続焼失事件を検分した扇太郎は改易された出火元の隠し財産に驚愕。闕所の処分に大目付が介入、大御所死後を見据えた権力争いに巻き込まれる。
205350-2

う-28-4
旗本始末　闕所物奉行　裏帳合（四）
上田　秀人
失踪した旗本の行方を追う扇太郎は借金の形に娘を売る旗本が増えていることを知る。人身売買禁止を逆手にとり吉原乗っ取りを企む勢力との戦いが始まる。
205436-3

う-28-5
娘始末　闕所物奉行　裏帳合（五）
上田　秀人
借金の形に売られた旗本の娘が自害。扇太郎の預かりの身となった元遊女の朱鷺にも魔の手がのびる。一太郎との対決も山場を迎える。〈解説〉縄田一男
205518-6

う-28-6
奉行始末　闕所物奉行　裏帳合（六）
上田　秀人
岡場所から一斉に火の手があがる！　政権復帰を図る大御所派と江戸の闇の支配を企む一太郎が最後の賭けに出た。遂に扇太郎と炎の最終決戦を迎える。
205598-8

う-28-7
孤闘　立花宗茂
上田　秀人
武勇に誉れ高く乱世に義を貫いた最後の戦国武将の風雲録。島津を撃退、秀吉下での朝鮮従軍、さらに家康との対決！　中山義秀文学賞受賞作。〈解説〉縄田一男
205718-0

す-25-1
手習重兵衛　闇討ち斬
鈴木　英治
手習師匠に命を救われた重兵衛。ある日、師匠が何者かによって殺害されてしまう。仇を討つべく立ち上がった彼だったが……。江戸剣豪ミステリー。
204284-1

す-25-2
手習重兵衛　梵鐘
鈴木　英治
手習子のお美代が行方不明に。もしやかどわかされたのでは⁉　必死に捜索する重兵衛だったが……。書き下ろし剣豪ミステリー。シリーズ第二弾！
204311-4

す-25-3
手習重兵衛　暁《ぎょう》闇《あん》
鈴木　英治
兄の仇を討つべく江戸に現れた若き天才剣士・松山輔之進。狙うは、興津重兵衛ただ一人。迫り来る危機に重兵衛の運命はいかに⁉　シリーズ第三弾！
204336-7

す-25-4
手習重兵衛 刃《やいば》 舞《まい》
鈴木英治
手習師匠の興津重兵衛は、弟を殺害した遠藤恒之助を討つため厳しい鍛錬を始めた。ようやく秘剣を得た重兵衛の前に遠藤が現れる。闘いの刻は遂に満ちた。
204418-0

す-25-5
手習重兵衛 道中霧
鈴木英治
自らの過去を清算すべく、郷里・諏訪へと発った興津重兵衛。その行く手には、弟の仇でもある遠藤恒之助と謎の忍び集団の罠が待ち構えていた。書き下ろし。
204497-5

す-25-6
手習重兵衛 天狗変
鈴木英治
家督放棄を決意して諏訪に戻った重兵衛だが、身辺には不穏な影がつきまとう。その背後には諏訪家取り潰しを画策する陰謀が渦巻いていた。〈解説〉森村誠一
204512-5

す-25-7
角右衛門の恋
鈴木英治
仇を追いつづけること七年。小間物屋の娘・お梅との出会いが角右衛門の無為の日々を打ち破った。江戸に横行する辻斬りが二人の恋の行方を弄ぶ。書き下ろし。
204580-4

す-25-8
無言殺剣 大名討ち
鈴木英治
譜代・土井家の城下、古河の町に現れた謎の浪人。剣の腕は無類だが、一言も口をきくことがない。その男のもとに、恐るべき殺しの依頼が……。書き下ろし。
204613-9

す-25-9
無言殺剣 火縄の寺
鈴木英治
関宿城主・久世豊広を惨殺した謎の浪人は、やくざ者の伊之助を伴い江戸へ出る。伊之助は兄二人と再会を果たすものの、三兄弟には浪人を追う何者かの罠が。
204662-7

す-25-10
無言殺剣 首代一万両
鈴木英治
懸賞金一万両。娘夫婦の命を奪われた古河の大店・千宏屋は、身代を賭けて謎の浪人の命を奪おうとする。屈折した親心はさらなる悲劇を招く。書き下ろし。
204698-6

す-25-11
無言殺剣 野盗薙《な》ぎ
鈴木英治
突如江戸を発ち、中山道を西へ往く黙兵衛・伊之助一行。その目的を摑めぬまま、久世・土井家双方の密偵も後を追う。一行を上州路に待ち受けるのは……。
204735-8

各書目の下段の数字はISBNコードです。978－4－12が省略してあります。

す-25-12
無言殺剣 妖気の山路
鈴木英治
中山道を西へ向かう音無黙兵衛ら三人。難所続きの長旅の疲れで、足弱の初美は熱を出す。遅れる一行に、さらなる討っ手が襲いかかり、妖しの術が忍び寄る。
204771-6

す-25-13
無言殺剣 獣散る刻《とき》
鈴木英治
伊賀者の襲撃をかいくぐり、美濃郡上に辿り着いた音無黙兵衛一行。そこに現れたのは、かつて黙兵衛と死闘を演じた久世家剣術指南役・横山佐十郎だった。
204850-8

す-25-14
郷四郎無言殺剣 妖《あや》かしの蜘蛛《くも》
鈴木英治
音無黙兵衛、西へ。目的地は京か奈良か。その行く手には、総がかりで迎え撃つ伊賀者たち。さらに謎の幻術師の魔手が。書き下ろし時代小説シリーズ、第二部開幕。
204881-2

す-25-15
郷四郎無言殺剣 百忍《ひゃくにん》斬り
鈴木英治
郡上の照月寺に匿われていた初美が出奔した。一方、奈良に進路をとった黙兵衛・伊之助は、幻術師・春庵を擁する忍びたちの本国・伊賀を、突破できるのか。
204951-2

す-25-16
郷四郎無言殺剣 正倉院の闇
鈴木英治
奈良に入った黙兵衛こと菅郷四郎と伊之助は、側用人・水野忠秋がかつて正倉院宝物の流出により、巨富を蓄えていたことを知る。シリーズいよいよ佳境へ。
205021-1

す-25-17
郷四郎無言殺剣 柳生一刀石《いっとうせき》
鈴木英治
御側御用取次・水野忠秋による悪行の証拠を摑んだ黙兵衛のもとに、荒垣外記からの書状が届く。そこには「一刀石で待つ」と記されていた。シリーズ完結。
204984-0

す-25-18
手習重兵衛 母恋い
鈴木英治
侍を捨てた興津重兵衛は、白金村で手習所を再開した。村名主の娘おそのを妻に迎えるはずだったのが、重兵衛を仇と思いこんだ女と同居する羽目に……。
205209-3

す-25-19
手習重兵衛 夕映え橋
鈴木英治
ついに重兵衛がおそのに求婚。その余韻も冷めぬまま、二人は堀井道場に左馬助を訪ね、そこで目にした一振りの刀に魅了される。風田宗則作の名刀だった。
205239-0

す-25-20
手習重兵衛 隠し子の宿 鈴木英治
おそのと婚約した重兵衛だったが、直後、朋友の作之助と吉原に行ったことが判明。さらに、品川の女郎宿に通っていると噂され……。許嫁の誤解はとけるのか？
205256-7

す-25-21
手習重兵衛 道連れの文《ふみ》 鈴木英治
婚約を母に報告するため、おそのを伴い諏訪へと旅立った重兵衛。道中知り合った一人旅の腰元ふうの女から、甲府勤番支配宛の密書を託される。文庫書き下ろし。
205337-3

す-25-22
手習重兵衛 黒い薬売り 鈴木英治
故郷の諏訪に帰った重兵衛。ところが、実家の興津家では当主・輔之進の妻と侍女が行方知れずに。一方江戸では、重兵衛の留守に、怪しい薬売りが住み着いていた。
205490-5

す-25-23
手習重兵衛 祝い酒 鈴木英治
甲州街道で狙撃された重兵衛。なぜ狙われたのか？ 江戸の手習所に住み着いた薬売りとの関係は？ そして重兵衛の生死は？ シリーズ完結。〈解説〉細谷正充
205544-5

す-25-24
大脱走 裏切りの姫 鈴木英治
長篠の合戦から七年、滅亡の淵に立つ武田家。信玄の娘・千鶴は、勝頼監視下の甲府から、徳川に寝返った夫の待つ駿河へ、脱出を決行する。〈解説〉細谷正充
205649-7

な-46-4
修理さま 雪は 中村彰彦
神保雪子、中野竹子、山本八重……。戊辰の戦乱を誇り高く生きた女性たちを軸に、会津落城にまつわる秘話を情感あふれる美文に昇華した連作短篇集。
204579-8

な-46-5
保科正之 徳川将軍家を支えた会津藩主 中村彰彦
徳川秀忠の庶子という境遇から、兄家光に見出され、将軍輔弼役として文治主義政治への切換えの立役者となった会津松平家初代の事績。〈解説〉山内昌之
204685-6

な-46-6
幕末入門 中村彰彦
尊王・佐幕、攘夷・開国、攻守所を変え、二転三転する複雑怪奇な動乱の時代。混迷をきわめた幕末の政情をわかりやすく読み解いた恰好の入門書。
204888-1

各書目の下段の数字はISBNコードです。978－4－12が省略してあります。

な-46-7
落花は枝に還らずとも（上）会津藩士・秋月悌次郎
中村彰彦
幕末の会津藩に、「日本一の学生」と呼ばれたサムライがいた。公用方として京で活躍する秋月は、薩摩と結び長州排除に成功するも、直後、謎の左遷に遭う……。
204960-4

な-46-8
落花は枝に還らずとも（下）会津藩士・秋月悌次郎
中村彰彦
朝敵とされた会津を救うため、復帰した秋月に戊辰戦争の苦難が襲う。ラフカディオ・ハーンに「神のような人」と評されたサムライの物語。〈解説〉竹内　洋
204959-8

な-46-9
保科正之言行録
中村彰彦
幕政を文治主義に導いた会津藩祖・保科正之。その仁心無私の精神は、会津士魂として後世まで多大な影響を及ぼした。遺されたことばでさぐる名君の素顔。
205028-0

な-46-12
北風の軍師たち（上）
中村彰彦
大御所・徳川家斉の気随気儘から発令された三方所替え。有数の貧乏藩・川越松平家が転封してくるという事態に、庄内領民は阻止運動に立ち上がった。
205211-6

な-46-13
北風の軍師たち（下）
中村彰彦
老中・水野忠邦率いる幕閣に昂然と立ち向かった義侠の男たちは、ついに幕命を撤回させた。「天保の快挙」の全容を複眼的に描く長篇。〈解説〉岡田　徹
205212-3

な-46-14
天保暴れ奉行（上）気骨の幕臣矢部定謙
中村彰彦
堺奉行、大坂西町奉行在任時、大岡越前守の再来と言われた、矢部駿河守定謙。勘定奉行昇進後、大塩の乱の措置をめぐって、老中・水野忠邦と鋭く対立する。
205340-3

な-46-15
天保暴れ奉行（下）気骨の幕臣矢部定謙
中村彰彦
江戸南町奉行として幕政に復帰した定謙だったが、老中首座水野忠邦との対立は、三方領知替えの諫止を機に、抜き差しならないものとなる。〈解説〉岡田　徹
205341-0

な-46-16
名将と名臣の条件
中村彰彦
戦国武将から日清・日露戦争の提督まで、浩瀚な史料の読解と一方に偏しない公正な史観が掘り起こした傑物たちの魅力。人物の器量を堪能させる歴史エッセイ。
205722-7